ARIOSTE

—

ROLAND

FURIEUX

—

CHANTS I A V

PARIS

Isidore LISEUX, Éditeur

Rue Bonaparte, n° 2

1879

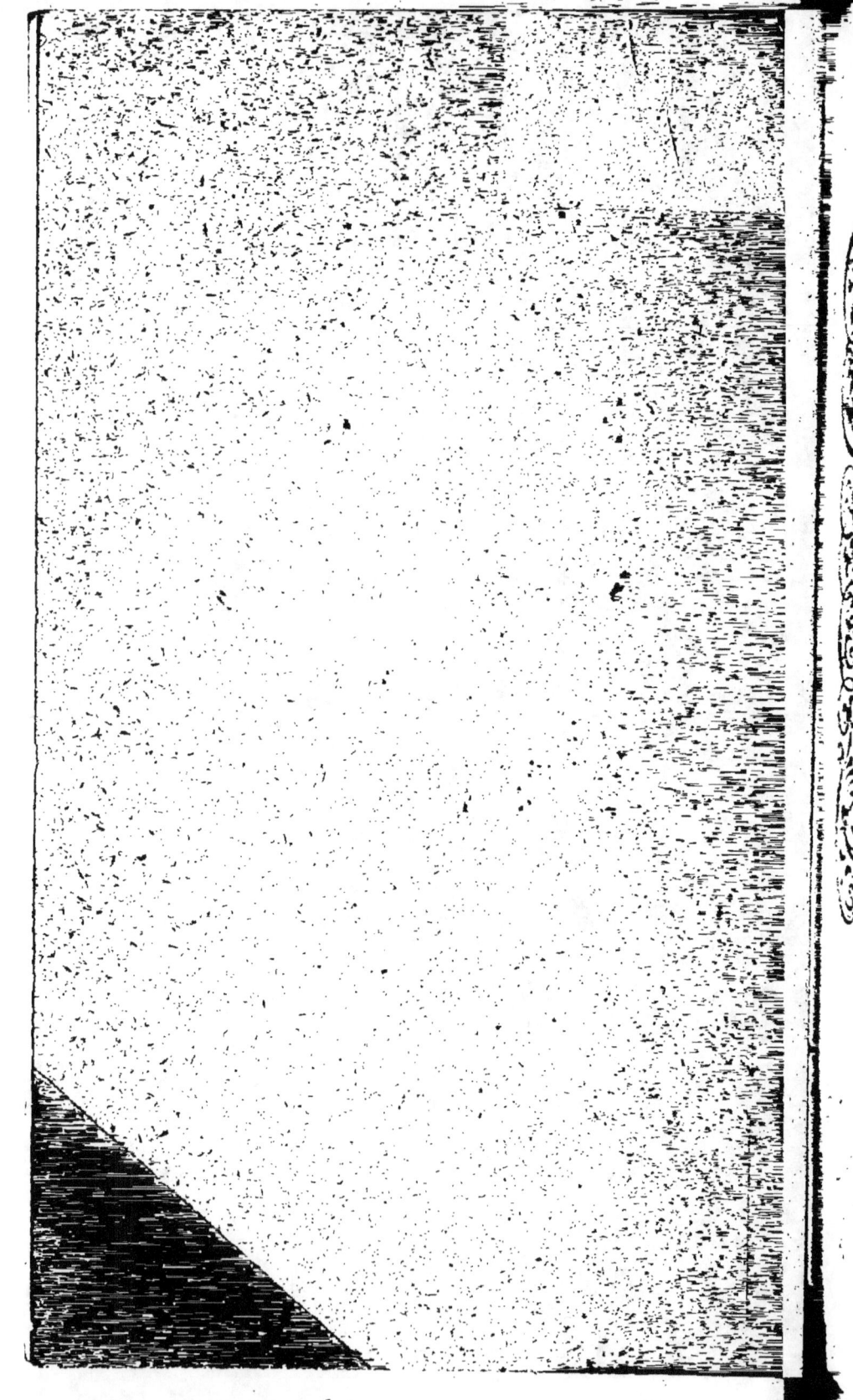

ROLAND

FURIEUX

—

CHANTS I A V

Tiré à trois cents exemplaires

ROLAND FURIEUX

POEME

DE

L'ARIOSTE

CHANTS I A V

Traduction nouvelle, littérale et juxtalinéaire

Par ALCIDE BONNEAU

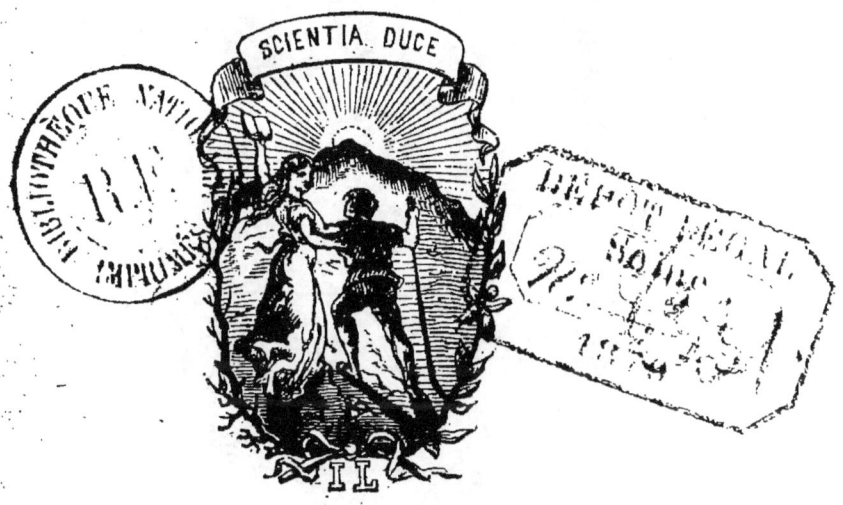

PARIS

Isidore LISEUX, Éditeur

Rue Bonaparte, nº 2

1879

AVERTISSEMENT

TRADUIRE l'Arioste, suivre dans ses méandres cette infatigable et prestigieuse imagination, c'est un travail de plus d'attrait que de fatigue. Après le plaisir de créer et de douer de vie ses propres conceptions, plaisir qui doit être intense, mais qui n'est pas pour tout le monde à portée de la main, il n'en est peut-être pas de plus grand que de s'attacher à l'œuvre d'un tel maître, de la revivre, pour ainsi dire, avec lui, et d'essayer d'en donner une copie fidèle.

a

Cette tâche a séduit bien des gens de talent et de mérite, depuis le vieux Jehan des Gouttes qui, dès 1543, a montré à tous le chemin, jusqu'à MM. Du Pays, C. Hippeau et Marc Monnier, qui nous précèdent immédiatement. Dans l'intervalle Mirabaud, Creuzé de Lesser, Duvau de Chavagne, le comte de Tressan, Delatour, Philipon de la Madelaine, Panckoucke et Framery, M. Desserteaux s'y sont exercés tour à tour, soit en vers, soit en prose, et y ont usé quelque chose de leur existence : car ce n'est pas une mince affaire que reprendre vers par vers un poème qui en compte cinquante mille, et il faut que le traducteur, en se mettant à une telle besogne, se sente soutenu d'un peu de cette foi qui, dit-on, transporte les montagnes. Chacun d'eux a cru faire mieux que ses devanciers : ce sera notre excuse d'être venu à leur suite, et si nous n'avons mieux fait, au moins aurons-nous fait autrement.

Des essais de traductions poétiques, le

dernier, celui de M. Marc Monnier (le *Roland de l'Arioste raconté en vers*, 1878), est le plus agréable. En choisissant dans l'œuvre entière les épisodes qui lui convenaient, ceux où Roland est en scène, non pour les faire passer littéralement dans notre langue, mais pour en extraire le suc, en prendre la fleur, l'auteur, un homme d'esprit, qui parfois en prête même à l'Arioste, a mieux que tout autre réussi à rendre le génie du poète, sa libre allure, sa légèreté de touche et ce mélange d'enjouement et de sérieux qui est sa caractéristique. Le vers de dix pieds, substitué au monotone Alexandrin, la forme de la strophe, qui rappelle l'octave Italienne, font presque illusion. Mais c'est là un aimable et savant badinage inspiré par l'Arioste, plutôt que l'Arioste en personne; il y est trop vu en raccourci. Dans le *Roland furieux*, Roland n'est, malgré le titre, qu'au second plan, et comme épopée, ce qui distingue celle-ci entre toutes, c'est qu'elle n'a ni action principale, ni héros qui prime ses voisins (si elle en avait un, ce serait Roger), ni but autre que d'enchanter et de divertir. Son intérêt est dans cette succession d'épisodes à peine reliés entre eux, dans ce chassé-croisé d'aventures et de personnages qui se cherchent, se rencontrent, se perdent, se retrouvent, au grand amusement du poète, qui n'a jamais assez de fils pour ourdir sa vaste toile, et du lecteur, qui ne se lasse pas de le suivre dans le libre champ de sa fantaisie.

Les traductions en prose, quoique généralement bien pâles et bien effacées, donneraient donc encore l'idée la plus vraie du poème, si elles n'avaient le grave défaut d'accréditer cet ancien préjugé, que traduction et ennui sont une seule et même chose sous deux noms différents. On a oublié celles de Mirabaud et du comte de Tressan ; elles appartiennent à ce genre faux qui sacrifie au prétendu bon goût les comparaisons luxuriantes, les métaphores hardies, tout ce qui constitue le nerf, l'originalité du style, et les remplacent par de pauvres fleurs fanées de collège. Les plus récentes, d'un exact et consciencieux travail, restent encore bien loin de l'original, dont la poésie s'est comme évaporée dans le passage d'une langue à l'autre; aussi a-t-on été amené à les aider du secours de l'illustration, à faire disparaître le texte sous les images.

Nous n'avons pas voulu nous priver entièrement de ce précieux auxiliaire, mais sans lui donner une part prépondérante. En tête de chaque chant, de vieux bois d'une ancienne édition de Venise (1), finement et savamment gravés à nouveau par M. A. Prunaire, ornent le texte sans l'absorber, sans faire passer la curiosité des yeux avant celle de l'esprit.

---

(1) *Orlando furioso di M. Ludovico Ariosto, novissimamente alla sua integrita ridotto et ornato di varie figure. In Venetia, appresso Gabriel Giolito di Ferrari.* M.D.XLII.

: Au vers, qui impose toujours une gêne, qui force à des compromis et ne se pénètre plus intimement de la poésie du modèle qu'aux dépens de la littéralité ; à la simple prose, muse pédestre, bien traînante et bien terre à terre pour suivre dans son vol le plus capricieux des poètes, nous avons préféré le système de traduction linéaire dont M. Léon de Wailly a donné dans son *Robert Burns* un excellent modèle et qui se plie, comme le vers, aux inversions, aux tournures poétiques, aux hardiesses de langue, sans l'embarras du rythme, de la rime et de la césure. Une traduction n'est toujours qu'un reflet ; Rollin disait : l'envers d'une tapisserie. Comparons celles qui sont obtenues par cette méthode à une image projetée dans l'eau et dont certains détails peuvent être affaiblis, mais qui conserve ses lignes et ses contours : le texte placé en regard aidera à la similitude. Arriver à ce que l'œuvre primitive se dessine aussi exactement dans la traduction qu'un objet

placé devant un miroir, ce serait la per-
fection, et elle n'est pas de ce monde.
Mais le lecteur a l'un à côté de l'autre le
texte et sa reproduction ; d'un seul coup
d'œil il pourra rectifier celle-ci et lui rendre ce qui lui manque, si le miroir est
un peu terne, si l'image y a perdu quelqu'une de ses vives couleurs.

ALCIDE BONNEAU.

Paris, Septembre 1879.

ROLAND FURIEUX

CHANT PREMIER

SOMMAIRE

Début du poème; — Dédicace au Cardinal Hippolyte
d'Este; — L'armée de Charlemagne campe au pied des
Pyrénées; — Roland et Renaud se disputent Angélique;
— Déroute des Chrétiens; — Renaud court après son
cheval Bayard et rencontre Angélique; — Ferragus
cherche son casque tombé dans la rivière; — Apparition
d'Argail; — Lutte de Ferragus et de Renaud; fuite
d'Angélique; — Elle rencontre Sacripant et le prend
pour Chevalier; — Survient Bradamante qui le renverse et poursuit sa route; — Angélique s'empare de
Bayard; — Renaud aperçoit les deux fugitifs et les
arrête.

Orlando Furioso

CANTO PRIMO

Le Donne, i Cavalier, l' arme, gli amori,
Le cortesie, l' audaci imprese io canto,
Che furo al tempo che passaro i Mori
D' Africa il mare, e in Francia nocquer tanto,
Seguendo l' ire e i giovenil furori
D' Agramante, lor Re, che si diè vanto
Di vendicar la morte di Troiano
Sopra Re Carlo, Imperator Romano.

Dirò d' Orlando, in un medesmo tratto,
Cosa non detta in prosa mai, nè in rima:
Che per amor venne in furore e matto,
D' uom che sì saggio era stimato prima;
Se da Colei che tal quasi m' ha fatto,
Che 'l poco ingegno ad or ad or mi lima,
Me ne sarà però tanto concesso,
Che mi basti a finir quanto ho promesso.

Roland Furieux

CHANT PREMIER

Les Dames, les Chevaliers, les armes, les amours
Je chante, et les courtoisies, les audacieuses en-
   treprises,
Qui furent au temps où les Maures passèrent
La mer d'Afrique, et en France firent tant de ravages,
Secondant les colères et les juvéniles fureurs
D'Agramant, leur Roi, qui s'était vanté
De venger la mort de Trojan
Sur le Roi Charles, Empereur Romain.

Je dirai de Roland, dans un même discours,
Chose non dite jamais en prose, ni en rime :
Comment par amour il devint furieux et fou,
D'homme qui si sage était réputé d'abord ;
Si par Celle qui semblable quasi m'a rendu,
Qui d'heure en heure me lime mon pauvre génie,
Il m'en est toutefois laissé un tant soit peu,
Assez pour finir ce que j'ai promis.

Piacciavi, generosa Erculea Prole,
Ornamento e splendor del secol nostro,
Ippolito, aggradir questo che vuole
E darvi sol può l'umil servo vostro!
Quel ch' io vi debbo, posso di parole
Pagare in parte, e d' opera d' inchiostro :
Nè che poco io vi dia da imputar sono,
Che quanto io posso dar, tutto vi dono.

Voi sentirete fra i più degni Eroi
Che nominar con laude m' apparecchio,
Ricordar quel Ruggier, che fu di voi
E de' vostri Avi illustri il ceppo vecchio.
L' alto valore e' chiari gesti suoi
Vi farò udir, se voi mi date orecchio,
E vostri alti pensier cedano un poco,
Sì che tra lor miei versi abbiano loco.

Orlando, che gran tempo innamorato
Fu della bella Angelica, e per lei
In India, in Media, in Tartaria lasciato
Avea infiniti ed immortal trofei,
In Ponente con essa era tornato,
Dove sotto i gran monti Pirenei,
Con la gente di Francia e di Lamagna,
Re Carlo era attendato alla campagna,

Plaise à vous, généreuse Postérité d'Hercule,
Ornement et splendeur de notre siècle,
Hippolyte, agréer ce que veut
Et peut seulement vous donner votre humble
    serviteur!
Ce que je vous dois, je puis en paroles
Partiellement le payer, et en œuvre d'encre :
Et si je donne peu, ne suis à blâmer,
Car tout ce que je puis, je vous l'offre.

Vous entendrez, parmi les plus dignes Héros
Qu'à nommer avec éloge je m'apprête,
Rappeler ce Roger, qui fut de vous-même
Et de vos illustres Aïeux la souche antique.
Sa haute valeur et ses prouesses éclatantes
Je vous les dirai, si vous me prêtez l'oreille,
Si vos graves pensers font un peu relâche,
Assez pour que parmi eux mes vers trouvent place.

Roland, qui dès longtemps épris
Fut de la belle Angélique, et pour elle
Dans l'Inde, en Médie, en Tartarie, laissa
D'innombrables et immortels trophées,
En Occident avec elle était retourné,
Où, sous les grands monts Pyrénéens,
Avec les gens de France et d'Allemagne,
Le Roi Charles campait, dans la plaine,

I.

Per far al Re Marsilio e al Re Agramante
Battersi ancor del folle ardir la guancia,
D' aver condotto, l' un, d' Africa quante
Genti erano atte a portar spada e lancia;
L' altro, d' aver spinta la Spagna innante
A destruzion del bel Regno di Francia.
E così Orlando arrivò quivi a punto;
Ma tosto si pentì d' esservi giunto;

Chè vi fu tolta la sua Donna poi :
Ecco il giudicio uman come spesso erra!
Quella che dagli Esperii ai liti Eoi
Avea difesa con sì lunga guerra,
Or tolta gli è fra tanti amici suoi,
Senza spada adoprar, nella sua terra :
Il savio Imperator, ch' estinguer volse
Un grave incendio, fu che gli la tolse.

Nata pochi dì innanzi era una gara
Tra il Conte Orlando e il suo cugin Rinaldo;
Chè ambi avean per la bellezza rara
D' amoroso disio l' animo caldo.
Carlo, che non avea tal lite cara
Che gli rendea l' aiuto lor men saldo,
Questa Donzella, che la causa n' era,
Tolse, e diè in mano al Duca di Baviera :

Pour faire au Roi Marsile et au Roi Agramant
Rougir la joue de leur folle présomption,
D'avoir amené, l'un, d'Afrique autant
Qu'il y avait de gens propres à porter épée et lance;
L'autre, d'avoir poussé l'Espagne en avant
Pour la ruine du beau Royaume de France.
Et ainsi Roland y arrivait à point;
Mais aussitôt se repentit d'être venu.

Car lui fut enlevée sa Dame, tôt après :
Et voilà comme souvent erre le jugement humain !
Celle que du Couchant aux bords Orientaux
Il avait défendue, en tant de combats,
Ici lui fut enlevée, parmi tant de siens amis,
Sans coup férir, en son propre pays :
Le sage Empereur, qui voulut éteindre
Un grave incendie, fut celui qui la lui enleva.

Peu de jours avant était née une querelle
Entre le Comte Roland et son cousin Renaud;
Tous deux avaient pour la beauté rare
D'amoureux désir le cœur chaud.
Charles, voyant d'un mauvais œil une dispute
Qui lui rendait leur aide moins sûre,
La Demoiselle, qui en était la cause,
Enleva, et remit en main au Duc de Bavière :

In premio promettendola a quel d' essi
Ch' in quel conflitto, in quella gran giornata,
Degli Infedeli più copia uccidessi,
E di sua man prestasse opra più grata.
Contrari ai voti poi furo i successi,
Ch' in fuga andò la gente battezzata,
E con molti altri fu 'l Duca prigione,
E restò abbandonato il padiglione.

Dove, poi che rimase la Donzella
Ch' esser dovea del vincitor mercede,
Innanzi al caso era salita in sella,
E quando bisognò le spalle diede,
Presaga che quel giorno esser rubella
Dovea Fortuna alla Cristiana fede;
Entrò in un bosco, e nella stretta via
Rincontrò un Cavalier ch' a piè venia.

Indosso la corazza, l' elmo in testa,
La spada al fianco, e in braccio avea lo scudo;
E più leggier correa per la foresta
Ch' al pallio rosso il villan mezzo ignudo.
Timida pastorella mai sì presta
Non volse piede innanzi a serpe crudo,
Come Angelica tosto il freno torse,
Che del guerrier, ch' a piè venia, s' accorse.

La promettant en prix à celui d'entre eux
Qui dans la bataille, en cette grande journée,
D'Infidèles un plus grand nombre occirait,
Et de sa main ferait œuvre plus méritoire.
Contraire à ses vœux marcha l'événement,
Car en déroute s'enfuit la gent baptisée;
Avec beaucoup d'autres fut le Duc prisonnier,
Et abandonné resta le pavillon.

C'est pourquoi, laissée seule, la Damoiselle
Qui devait être la récompense du vainqueur,
A tout hasard était montée en selle,
Et quand vint le moment, tourna les épaules,
Présageant qu'en ce jour la Fortune
Devait être rebelle à la foi Chrétienne;
Elle s'enfonça dans un bois, et par l'étroit sentier
Rencontra un Chevalier qui à pied venait.

Sur le dos la cuirasse, le heaume en tête,
L'épée au flanc, au bras il avait l'écu;
Et plus léger courait par la forêt
Qu'au drapeau rouge le vilain demi-nu.
Timide bergère jamais si leste
Ne leva le pied devant un cruel serpent,
Qu'Angélique ne tourna bride, aussitôt
Qu'elle aperçut ce guerrier venant à pied.

Era costui quel Paladin gagliardo,
Figliuol d' Amon, Signor di Montalbano,
A cui pur dianzi il suo destrier Baiardo,
Per strano caso, uscito era di mano.
Come alla Donna egli drizzò lo sguardo,
Riconobbe, quantunque di lontano,
L' Angelico sembiante e quel bel volto
Ch' all' amorose reti il tenea involto.

La Donna il palafreno a dietro volta,
E per la selva a tutta briglia il caccia,
Nè per la rara più che per la folta,
La più sicura e miglior via procaccia;
Ma pallida, tremando, e di sè tolta,
Lascia cura al destrier che la via faccia.
Di su, di giù ne l' alta selva fiera
Tanto girò, che venne a una riviera.

Su la riviera Ferraù trovosse
Di sudor pieno e tutto polveroso :
Da la battaglia dianzi lo rimosse
Un gran disio di bere e di riposo.
E poi mal grado suo, quivi fermosse,
Perchè, de l' acqua ingordo e frettoloso,
L' elmo nel fiume si lasciò cadere,
Nè l' avea potuto anco riavere.

C'était ce vaillant Paladin,
Fils d'Aymon, Sire de Montauban,
A qui tout à l'heure son destrier Bayard,
Par bizarre accident, était échappé des mains.
Dès que vers la Dame il leva son regard,
Il reconnut, quoique de loin,
L'Angélique aspect et ce beau visage
Qui dans les rets d'amour le tenait enlacé.

La Dame tourne son cheval à droite,
Par le bois à toute bride le pousse,
Et par l'éclaircie plutôt que par le fourré
Ne cherche la route la plus sûre et la meilleure;
Mais pâle, tremblante, et toute hors d'elle,
Laisse le destrier se frayer un chemin.
De ci, de là, par la haute forêt sauvage
Tant elle tourna, qu'elle vint près d'une rivière.

A la rivière se trouvait Ferragus
Couvert de sueur et tout poudreux :
Loin de la bataille l'avait conduit
Un grand désir de boire et de repos.
Puis, malgré lui, il était resté là,
Parce que plein d'eau et plongé en toute hâte,
Son casque dans le fleuve s'était laissé choir,
Et qu'il ne l'avait encore pu retirer.

Quanto potea più forte, ne veniva
Gridando la Donzella ispaventata.
A quella voce salta in su la riva
Il Saracino, e nel viso la guata;
E la conosce subito ch' arriva,
Benchè di timor pallida e turbata,
E sien più dì che non n' udì novella,
Che senza dubbio ell' è Angelica bella.

E perchè era cortese, e n' havea forse
Non men de i dui cugini il petto caldo,
L' aiuto che potea tutto le porse,
Pur come avesse l' elmo, ardito e baldo :
Trasse la spada, e minacciando corse
Dove poco di lui temea Rinaldo.
Più volte s' eran già non pur veduti,
Ma al paragon de l' arme conosciuti.

Cominciàr quivi una crudel battaglia,
Come a piè si trovàr, coi brandi nudi :
Non che le piastre e la minuta maglia,
Ma ai colpi lor non reggerian gl' incudi.
Or, mentre l' un con l' altro si travaglia,
Bisogna al palafren che 'l passo studi :
Chè, quanto può menar de le calcagna,
Colei lo caccia, al bosco e alla campagna.

Le plus fort qu'elle pouvait accourait,
Criant, la Damoiselle épouvantée.
A cette voix saute sur la rive
Le Sarrasin ; il la regarde au visage,
Et la reconnaît dès qu'elle arrive,
Bien que de peur toute pâle et troublée,
Et quoique de longtemps il n'en eût ouï nouvelle :
Sans aucun doute, c'est la belle Angélique.

Comme il était courtois, et qu'il en avait peut-être
Non moins que les deux cousins le cœur chaud,
L'aide qu'il pouvait il la lui offrit toute,
Comme s'il avait son casque, brave et hardi :
Il tira l'épée et, menaçant, courut
Là où bien peu le redoutait Renaud.
Maintes fois déjà ils ne s'étaient pas vus seulement,
Mais à l'épreuve des armes connus.

Ils commencèrent là une cruelle bataille,
A pied, comme ils se trouvaient, les lames nues :
Non-seulement des cuirasses et des cottes de maille,
Mais des enclumes n'auraient résisté aux coups.
Or, tandis qu'ils se travaillent l'un l'autre,
Il faut que le palefroi à bien courir s'évertue :
Car autant qu'il peut jouer des sabots,
Autant elle le pousse, par la forêt et la plaine.

Poi che s' affaticàr gran pezzo in vano
I dui guerrier, per por l' un l' altro sotto,
Quando non meno era con l' arme in mano
Questo di quel, nè quel di questo dotto;
Fu primiero il Signor di Montalbano,
Ch' al Cavalier di Spagna fece motto,
Sì come quel c' ha nel cuor tanto foco
Che tutto n' arde e non ritrova loco.

Disse al Pagan : « Me sol creduto havrai,
» E pur avrai te meco ancora offeso :
» Se questo avvien perchè i fulgenti rai
» Del nuovo Sol, t' abbino il petto acceso,
» Di farmi qui tardar che guadagno hai?
» Che quando ancor tu m' abbi morto o preso,
» Non però tua la bella Donna fia,
» Che, mentre noi tardìam, se ne va via.

» Quanto fia meglio, amandola tu ancora,
» Che tu le venga a traversar la strada,
» A ritenerla e farle far dimora,
» Prima che più lontana se ne vada!
» Come l' avremo in potestate, allora
» Di chi esser de' si provi con la spada.
» Non so altrimente, dopo un lungo affanno,
» Che possa riuscirci altro che danno. »

Lorsque se furent longtemps éreintés en vain
Les deux guerriers, à triompher l'un de l'autre,
Puisque non moins habile était, les armes à la main,
Celui-là ou celui-ci, celui-ci ou celui-là ;
Fut le premier le Sire de Montauban
A parler au Chevalier d'Espagne,
En homme qui a dans le cœur tant de feu
Qu'il en brûle tout, et n'a point de cesse.

Il dit au Païen : « Tu crois me nuire à moi seul,
» Et tu te seras encore nui autant qu'à moi :
» Si tu me querelles parce que les clairs rayons
» Du nouveau Soleil, t'ont incendié le cœur,
» De me retarder ici quel gain as-tu ?
» Quand tu m'aurais tué ou fait prisonnier,
» Elle n'en serait pas plus tienne, la belle Dame ;
» Tandis que nous tardons, elle s'en va loin.

» Combien vaut mieux, puisque tu l'aimes aussi,
» Que tu ailles lui barrer la route,
» La retenir et la contraindre à s'arrêter,
» Avant qu'elle ne s'éloigne davantage !
» Quand nous l'aurons en notre pouvoir, alors
» A qui elle doit être, l'épée en décidera.
» Autrement je ne sais, après beaucoup d'ennui
» S'il peut nous arriver rien que du dommage. »

Al Pagan la proposta non dispiacque :
Cosi fu differita la tenzone;
E tal tregua tra lor subito nacque,
Si l' odio e l' ira va in oblivione,
Che 'l Pagano al partir da le fresche acque
Non lasciò a piedi il buon figliuol d' Amone :
Con preghi invita, ed al fin toglie in groppa,
E per l' orme d' Angelica galoppa.

O gran bontà de' Cavalieri antiqui!
Eran rivali, eran di fe diversi,
E si sentian degli aspri colpi iniqui
Per tutta la persona anco dolersi :
E pur per selve oscure e calli obliqui,
Insieme van senza sospetto aversi.
Da quattro sproni il destrier punto, arriva
Dove una strada in due si dipartiva.

E come quei che non sapean se l' una
O l' altra via facesse la Donzella
(Però che senza differenzia alcuna
Apparia in amendue l' orma novella),
Si messero ad arbitrio di Fortuna;
Rinaldo a questa, il Saracino a quella.
Pel bosco Ferraù molto s' avvolse,
E ritrovossi al fine onde si tolse.

Au Païen ne déplut la proposition :
Ainsi fut différée la querelle ;
Et telle trêve eut lieu entre eux, tout d'un coup,
Haine et colère s'en vont si bien en oubli,
Que le Païen, au départir des eaux limpides,
Ne laisse à pied le bon fils d'Aymon :
Il le prie instamment, et à la fin le prend en croupe,
Et sur les traces d'Angélique part au galop.

O bonté grande des Chevaliers anciens !
Ils étaient rivaux, ils étaient de fois différentes,
Ils se sentaient, des durs et mauvais coups,
Par toute leur personne encore endoloris :
Pourtant, par les forêts sombres, les sentiers obli-
        ques,
Ensemble ils vont, sans concevoir de méfiance.
Par quatre éperons piqué, le destrier arrive
Où une route se séparait en deux.

Et comme ils ne savaient si l'un
Ou l'autre chemin avait suivi la Damoiselle
(Parce que sans différence aucune
Apparaissaient sur l'un et l'autre traces récentes),
Ils s'en remirent à l'arbitre de la Fortune ;
Renaud prit l'un, le Sarrasin l'autre.
Par le bois Ferragus fit maints détours,
Et se retrouva enfin au point de départ.

Pur si ritrova ancor su la riviera,
Là dove l' elmo gli cascò nell' onde.
Poi che la Donna ritrovar non spera,
Per aver l' elmo che 'l fiume gli asconde
In quella parte onde caduto gli era,
Discende nell' estreme umide spónde :
Ma quello era si fitto nella sabbia
Che molto avrà da far prima che l' abbia.

Con un gran ramo d' albero rimondo
Di che avea fatto una pertica lunga,
Tenta il fiume e ricerca sino al fondo,
Ne loco lascia ove non batta e punga.
Mentre con la maggior stizza del mondo
Tanto l' indugio suo quivi prolunga,
Vede di mezzo il fiume un Cavaliero
Insino al petto uscir, d' aspetto fiero.

Era, fuor che la testa, tutto armato,
Ed avea un elmo nella destra mano;
Avea il medesimo elmo che cercato
Da Ferraù fu lungamente invano.
A Ferraù parlò come adirato,
E disse : « Ah! mancator di fe! Marano!
» Perchè di lasciar l' elmo anche t' aggrevi,
» Che render già gran tempo mi dovevi?

Ainsi, il se retrouve au bord de la rivière
Où son heaume lui était chu dans l'eau.
Comme de retrouver la Dame il désespère,
Pour repêcher le casque que le fleuve lui dérobe
Au même endroit où il lui avait échappé,
Il descend jusqu'au bord du lit humide ;
Mais le casque était si enfoncé dans le sable,
Qu'il aura bien à faire avant de le ravoir.

A l'aide d'une grosse branche d'arbre élaguée
Dont il avait fait une longue perche,
Il sonde le fleuve et tâte jusqu'au fond,
Et ne laisse place qu'il ne batte et fouille.
Pendant qu'avec la plus grande fatigue du monde
Si longtemps il prolonge ses recherches,
Il voit du milieu du fleuve un Chevalier
A mi-corps sortir, d'une mine farouche.

Il était, moins la tête, tout armé,
Et tenait un heaume en sa main droite ;
Il tenait ce même heaume que cherchait
Ferragus, depuis si longtemps, en vain.
A Ferragus il s'adressa comme en colère,
Et dit : « Ah ! parjure ! Marane !
» Pourquoi te fâche-t-il de laisser ce casque
» Que tu devais me rendre, il y a déjà beau temps ?

» *Ricordati, Pagan : quando uccidesti*
» *D' Angelica il fratel (che son quell' io),*
» *Dietro all' altre arme, tu mi promettesti*
» *Fra pochi dì gittar l' elmo nel rio.*
» *Or se Fortuna (quel che non volesti*
» *Far tu) pone ad effetto il voler mio,*
» *Non ti turbar; e se turbar ti dei,*
» *Turbati, che di fe mancato sei.*

» *Ma se desir pur hai d' un elmo fino,*
» *Trovane un altro, ed abbil con più onore;*
» *Un tal ne porta Orlando Paladino,*
» *Un tal Rinaldo, e forse anco migliore :*
» *L' un fu d' Almonte e l' altro di Mambrino.*
» *Acquista un di quei dui col tuo valore;*
» *E questo, c' hai già di lasciarmi detto,*
» *Farai bene a lasciarmelo in effetto.* »

All' apparir che fece all' improvviso
Dell' acqua l' ombra, ogni pelo arricciosse,
E scolorosse al Saracino il viso;
La voce, ch' era per uscir, fermosse.
Udendo poi dall' Argalia, ch' ucciso
Quivi avea già (che l' Argalia nomosse),
La rotta fede così improverarse,
Di scorno e d' ira dentro e di fuor arse.

» Souviens-t'en, Païen : lorsque tu as tué
» Le frère d'Angélique (et ce frère c'est moi),
» Avec mes autres armes, tu m'as promis
» De jeter sous peu le casque dans la rivière.
» Or si le hasard fait ce que tu ne voulais
» Faire toi-même, et accomplit mon vœu,
» Que cela ne te fasse rougir ; ou si tu veux rougir,
» Rougis d'avoir manqué à la foi jurée.

» Mais si tu as envie d'un armet fin,
» Trouves-en un autre et gagne-le avec plus de
        gloire ;
» Le Paladin Roland en a un tout pareil,
» Et Rénaud un autre, peut-être encore meilleur :
» Le premier vient d'Almont, l'autre de Mambrin.
» Acquiers l'un de ces deux-là, valeureusement ;
» Pour celui-ci, que tu as promis me laisser,
» Tu feras bien de me le laisser en effet. »

A l'apparition subite que fit
Hors de l'eau le spectre, tout son poil se hérissa
Au Sarrasin, et se décolora son visage ;
La voix, qui était pour sortir, s'arrêta,
Puis, d'entendre Argail, qu'il avait
Occis en cet endroit (Argail était son nom),
Lui reprocher ainsi son manque de foi,
De dépit et de colère, en dedans et en dehors, il
        rougit.

Nè tempo avendo a pensar altra scusa,
E conoscendo ben che 'l ver gli disse,
Restò senza risposta a bocca chiusa;
Ma la vergogna il cor sì gli trafisse,
Che giurò per la vita di Lanfusa
Non voler mai ch' altro elmo lo coprisse,
Se non quel buono che già, in Aspramonte,
Trasse del capo Orlando al fiero Almonte.

E servò meglio questo giuramento
Che non avea quell' altro fatto prima.
Quindi si parte, tanto mal contento
Che molti giorni poi si rode e lima.
Sol di cercare è il Paladino intento,
Di qua, di là, dove trovarlo stima.
Altra ventura al buon Rinaldo accade,
Che da costui tenea diverse strade.

Non molto va Rinaldo, che si vede
Saltare innanzi il suo destrier feroce :
« Ferma, Baiardo mio, deh! ferma il piede!
» Che l' esser senza te troppo mi nuoce. »
Per questo il destrier sordo a lui non riede,
Anzi più se ne va sempre veloce.
Segue Rinaldo, e d' ira si distrugge :
Ma seguitiamo Angelica che fugge.

N'ayant pas le temps d'imaginer quelque excuse,
Et sachant bien qu'Argail disait vrai,
Il demeura sans réplique, la bouche close;
Mais la honte si bien lui serra le cœur,
Qu'il jura sur la vie de Lanfuse
De ne vouloir jamais que casque le couvrît,
Sinon celui que jadis, en Apremont,
Roland avait ôté de la tête au fier Almont.

Et il garda mieux ce serment
Qu'il n'avait fait l'autre auparavant juré.
De là il s'en va, si mal satisfait
Que bien des jours il se consume et ronge.
Il ne pense qu'à chercher le Paladin,
De ci, de là, partout où il croit le trouver.
Autre aventure au brave Renaud arriva,
Qui tenait un chemin différent.

Renaud ne va pas loin sans voir
Sauter devant lui son fier destrier :
« Arrête, mon Bayard, eh ! arrête !
» Car d'être sans toi bien trop me peine. »
Pour si peu le destrier sourd ne revient à lui,
Au contraire, il se sauve toujours plus vite.
Renaud le suit et de colère se mange :
Mais suivons Angélique qui s'enfuit.

Fugge tra selve spaventose e scure,
Per lochi inabitàti, ermi e selvaggi.
Il mover delle frondi e di verzure,
Che di cerri sentia, d' olmi e di faggi,
Fatto le avea con subite paure
Trovar di qua e di là strani viaggi;
Ch' ad ogni ombra veduta, o in monte o in valle,
Temea Rinaldo aver sempre alle spalle.

Qual pargoletta o damma o capriola,
Che tra le fronde del natio boschetto,
Alla madre veduta habbia la gola
Stringer dal pardo, e aprirle 'l fianco o 'l petto,
Di selva in selva dal crudel s' invola,
E di paura trema e di sospetto,
Ad ogni sterpo che passando tocca,
Esser si crede all' empia fera in bocca.

Quel dì e la notte e mezzo l' altro giorno
S' andò aggirando, e non sapeva dove:
Trovossi al fin in un boschetto adorno,
Che lievemente la fresca aura move;
Dui chiari rivi mormorando intorno,
Sempre l' erbe vi fan tenere e nove;
E rendea ad ascoltar dolce concento,
Rotto tra picciol sassi, il correr lento.

Elle fuit par des forêts formidables et ténébreuses,
Par des contrées inhabitées, désertes et sauvages.
Le bruissement des frondaisons et des verdures,
Qu'elle entendait dans les chênes, les ormes et les
    frênes,
L'avait contrainte, par des peurs subites,
A faire de ci, de là, d'étranges circuits;
A toute ombre qu'elle voit, par monts et par vaux,
Elle craignait toujours d'avoir Renaud sur les
    épaules.

Telle la jeune biche ou la chevrette,
Qui à travers le feuillage du bois natal
A sa mère a vu le léopard
Tordre le cou, déchirer le flanc ou le ventre,
De futaie en futaie du cruel s'éloigne,
Et, tremblante de peur et de méfiance,
A tout buisson qu'en passant elle heurte,
Croit être dans la gueule de la bête féroce.

Ce jour et la nuit et la moitié du jour suivant
Elle alla tournant, sans savoir où :
A la fin se trouva en un joli bocage
Que légèrement la fraîche brise agite;
Deux clairs ruisseaux murmurant à l'entour
Toujours y rendent l'herbe tendre et nouvelle;
Et faisait à l'oreille un doux murmure
Leur cours ralenti par de petits rochers.

3

Quivi parendo a lei d' esser sicura
E lontana a Rinaldo mille miglia,
Da la via stanca e da l' estiva arsura,
Di riposare alquanto si consiglia.
Tra fiori smonta, e lascia alla pastura
Andare il palafren senza la briglia;
E quel va errando intorno alle chiare onde,
Che di fresca erba avean piene le sponde.

Ecco non lungi un bel cespuglio vede
Di spin fioriti e di vermiglie rose,
Che de le liquide onde al specchio siede,
Chiuso dal sol fra l' alte quercie ombrose;
Così voto nel mezzo, che concede
Fresca stanza fra l' ombre più nascose;
E la foglia coi rami in modo è mista,
Che 'l sol non v' entra, non che minor vista.

Dentro letto vi fan tenere erbette,
Ch' invitano a posar chi s' appresenta.
La bella Donna in mezzo a quel si mette,
Ivi si corca, ed ivi s' addormenta.
Ma non per lungo spazio così stette,
Che un calpestio le par che venir senta.
Cheta si leva, e appresso alla riviera
Vede ch' armato un Cavalier giunt' era.

Là, lui semblant être en sûreté
Et loin de Renaud à mille lieues,
Fatiguée de la route et de la chaleur estivale,
A se reposer un peu elle se décide.
Elle descend parmi les fleurs et laisse au pâturage
Aller le cheval, sans sa bride ;
Il s'en va, en cheminant, vers les eaux limpides
Dont les bords étaient touffus d'herbe fraîche.

Voici que non loin elle voit un beau buisson
D'épines fleuries et de roses vermeilles,
Qui se mirait dans les ondes transparentes,
Garanti du soleil par les hauts chênes ombreux.
Un espace vide au milieu lui offre
Une fraîche retraite, à l'ombre la plus épaisse ;
La feuille avec les branches est si bien mêlée
Que le soleil n'y pénètre, encore moins le regard.

Au dedans, l'herbe molle y fait un lit,
Invitant à se reposer qui s'approche.
La belle Dame s'y arrête au milieu,
S'y couche et bientôt s'y endort.
Mais elle ne resta pas ainsi longtemps,
Car il lui semble entendre le pas d'un cheval.
Sans bruit elle se lève, et, près du ruisseau,
Voit qu'un Chevalier bardé de fer vient d'arriver.

S' egli è amico o nemico non comprende;
Tema e speranza il dubbio cor le scuote,
E di quella avventura il fine attende,
Nè pur d' un sol sospir l' aria percuote.
Il Cavaliero in riva al fiume scende
Sopra l' un braccio a riposar le gote,
Ed in un gran pensier tanto penetra,
Che par cangiato in insensibil pietra.

Pensoso, più d' un' ora, a capo basso
Stette, Signore, il Cavalier dolente;
Poi cominciò con suono afflitto e lasso
A lamentarsi sì soavemente,
Ch' avrebbe di pietà spezzato un sasso,
Una tigre crudel fatta clemente.
Sospirando piangea, tal ch' un ruscello
Parean le guancie, e 'l petto un Mongibello.

« Pensier,» dicea,« che 'l cor m' agghiacci et ardi,
» E causi 'l duol che sempre il rode e lima,
» Che debbo far, poi ch' io son giunto tardi
» E ch' altri a corre il frutto è andato prima?
» A pena avuto io n' ho parole e sguardi,
» Ed altri n' ha tutta la spoglia opima.
» Se non ne tocca a me frutto nè fiore,
» Perchè affligger per lei mi vo' più il cuore?

S'il est ami ou ennemi, elle ne le devine ;
Crainte et espoir font battre son cœur en suspens,
Et de cette aventure elle attend la fin
Sans frapper l'air d'un seul soupir.
Le Chevalier au bord de l'eau descend,
S'appuye le menton sur l'une de ses mains,
Et en une grande réflexion tombe si profondément,
Qu'il semble changé en marbre insensible.

Mélancolique, plus d'une heure, la tête basse
Se tint, Seigneur, le dolent Chevalier ;
Puis commença, d'une voix plaintive, éteinte,
A se lamenter si doucement,
Qu'il aurait de pitié fendu une pierre,
Et rendu clémente une tigresse cruelle.
En soupirant il pleurait, tellement qu'un ruisseau
Semblaient ses joues, et sa poitrine un mont
      Gibel.

« O penser » disait-il, « qui le cœur me glace et
      brûle,
» Et cause la peine qui toujours le ronge et lime,
» Que dois-je faire, puisque je suis arrivé trop tard
» Et qu'un autre est venu avant cueillir le fruit ?
» A peine en ai-je eu parole, regard,
» Et un autre en a toutes les dépouilles opimes.
» Si je n'en puis tirer ni fruit, ni fleur,
» Pourquoi vais-je plus m'affliger le cœur pour elle ?

3.

» *La Verginella è simile alla rosa :*
» *Ch' in bel giardin, su la nativa spina*
» *Mentre sola e sicura si riposa,*
» *Nè gregge nè pastor se le avvicina,*
» *L' aura soave e l' alba rugiadosa,*
» *L' acqua, la terra al suo favòr s' inchina :*
» *Giovani vaghi e Donne innamorate*
» *Amano averne e seni e tempie ornate.*

» *Ma non sì tosto dal materno stelo*
» *Rimossa viene e dal suo ceppo verde,*
» *Che quanto havea dagli uomini e dal cielo*
» *Favor, grazia e bellezza, tutto perde.*
» *La vergine che 'l fior, di che più zelo*
» *Che de' begli occhi e de la vita aver de',*
» *Lascia altrui corre, il pregio ch' avea innanti,*
» *Perde nel cor di tutti gli altri amanti.*

» *Sia vile agli altri, e da quel solo amata,*
» *A cui di sè fece sì larga copia!*
» *Ah Fortuna crudel, Fortuna ingrata!*
» *Trionfan gli altri, e ne moro io d' inopia.*
» *Dunque esser può che non mi sia più grata?*
» *Dunque io posso lasciar mia vita propia?*
» *Ah! più tosto oggi manchino i dì miei;*
» *Ch' io viva più, s' amar non debbo lei!* »

» La tendre Vierge est semblable à la rose :
» Dans le beau jardin, sur le buisson natal,
» Tant que solitaire et paisible elle s'épanouit,
» Que ni troupeau ni berger ne l'approche,
» La douce brise et l'aube humide de rosée,
» L'onde, la terre s'inclinent en son honneur :
» Galants jouvenceaux et Dames amoureuses
» Aiment à en parer leurs seins et leurs cheveux.

» Mais de la tige maternelle
» Elle n'est pas sitôt enlevée, et de la branche verte,
» Que tout ce que lui prêtaient les hommes et le ciel,
» Faveur, grace et beauté, elle perd tout.
» La vierge qui de sa fleur doit prendre plus de souci
» Que de ses beaux yeux et de sa vie même,
» Si elle la laisse cueillir, perd le prix qu'elle avait
» Dans le cœur de tous ses autres amoureux.

» Qu'elle soit vile pour les autres et de celui-là
        seul aimée
» A qui d'elle-même elle a fait si large abandon !
» Ah ! Fortune cruelle ! ingrate Fortune !
» D'autres triomphent, et moi je meurs de détresse.
» Est-il donc possible qu'elle ne me soit plus chère ?
» Puis-je donc laisser partir ma propre vie ?
» Ah ! qu'aujourd'hui mes jours s'éteignent
» Plutôt que de vivre, si plus ne dois l'aimer ! »

Se mi dimanda alcun chi costui sia
Che versa sopra il rio lacrime tante,
Io dirò ch' egli è il Re di Circassia,
Quel d' amor travagliato Sacripante;
Io dirò ancor che di sua pena ria
Sia prima e sola causa essere amante :
E pur un degli amanti di costei,
E ben riconosciuto fu da lei.

Appresso ove il Sol cade, per suo amore
Venuto era dal capo d' Oriente;
Che seppe in India, con suo gran dolore,
Come ella Orlando seguitò in Ponente;
Poi seppe in Francia che l' Imperatore
Sequestrata l' avea dall' altra gente,
E promessa in mercede a chi di loro
Più quel giorno aiutasse i Gigli d' oro.

Stato era in campo, avea veduta quella,
Quella rotta che dianzi ebbe Re Carlo.
Cercò vestigio d' Angelica bella,
Nè potuto avea ancora ritrovarlo.
Questa è dunque la trista e ria novella
Che d' amorosa doglia fa penarlo,
Affligger, lamentare, e dir parole
Che di pietà potrian fermare il Sole.

Si aucun me demande quel est celui
Qui verse au bord du ruisseau tant de larmes,
Je dirai que c'est le Roi de Circassie,
Le Sacripant, travaillé d'amour;
Je dirai encore que de sa peine cruelle
Est la première et seule cause d'être amoureux :
C'est justement un des amoureux de cette belle,
Et elle l'a fort bien reconnu.

Où le Soleil se couche, pour l'amour d'elle
Il était venu, du bout de l'Orient;
Car il apprit dans l'Inde, à sa grande douleur,
Comment elle suivait Roland en Occident;
Puis il sut en France que l'Empereur
L'avait séquestrée du reste de ses gens,
Et promise en récompense à qui d'entre eux,
Dans cette journée, servirait mieux les Lys d'or.

Il s'était rendu au camp, il avait vu cette déroute,
Cette déroute que venait d'éprouver le Roi Charles.
Il cherchait les traces de la belle Angélique,
Et il n'avait pu encore les retrouver.
Telle est donc la fâcheuse et cruelle aventure
Qui d'amoureux tourment le fait souffrir,
L'affliger, se lamenter, et dire des paroles
Qui de pitié pourraient arrêter le Soleil.

Mentre costui così s' affligge e duole,
E fa degli occhi suoi tepida fonte,
E dice queste, e molte altre parole
Che non mi par bisogno esser racconte,
L' avventurosa sua fortuna vuole
Ch' alle orecchie d' Angelica sian conte:
E così quel ne viene a un' hora, a un punto,
Ch' in mille anni o mai più non è raggiunto.

Con molta attenzion la bella Donna
Al pianto, alle parole, al modo attende
Di colui ch' in amarla non assonna;
Nè questo è il primo dì ch' ella l' intende:
Ma dura e fredda più d' una colonna,
Ad averne pietà non però scende;
Come colei c' ha tutto il mondo a sdegno,
E non le par ch' alcun sia di lei degno.

Pur tra quei boschi il ritrovarsi sola,
Le fa pensar di tor costui per guida:
Che chi nell' acqua sta fin alla gola
Ben è ostinato se mercè non grida.
Se questa occasione or se l' invola,
Non troverà mai più scorta sì fida;
Ch' a lunga prova conosciuto innante
S' avea quel Re, fedel sopra ogni amante.

andis que de la sorte il gémit et se plaint,
t fait de ses yeux une tiède fontaine,
t dit ces paroles, avec beaucoup d'autres
u'il ne me semble pas besoin de raconter,
n heureuse fortune veut
u'à l'oreille d'Angélique elles soient portées :
insi, en un moment, en une heure arrive
e qui n'est pas arrivé en mille ans et plus.

vec grande attention la gentille Dame
intéresse à la plainte, aux paroles, au maintien
e celui qui de son amour la fatigue;
: ce jour n'est pas le premier qu'elle l'entend :
ais dure et froide plus qu'une colonne,
en avoir pitié pourtant elle ne daigne,
a femme qui méprise tout le monde
t qui ne croit aucun homme digne d'elle.

ourtant, par ces bois se retrouver seule
a fait songer à prendre celui-ci pour guide :
ui dans l'eau plonge jusqu'au cou
st bien obstiné s'il ne crie à l'aide.
cette occasion lui échappe pour l'heure,
mais plus elle ne trouvera escorte si sûre;
ar de longue main elle avait éprouvé
e Roi, fidèle par-dessus tout amant.

Ma non però disegna dell' affanno
Che lo distrugge, alleggerir chi l' ama,
E ristorar d' ogni passato danno
Con quel piacer ch' ogni amator più brama.
Ma alcuna finzione, alcuno inganno
Di tenerlo in speranza ordisce e trama;
Tanto ch' al suo bisogno se ne serva,
Poi torni, all' uso suo, dura, e proterva.

E fuor di quel cespuglio oscuro e cieco
Fa di sè bella et improvvisa mostra :
Come di selva o fuor d' ombroso speco
Diana in scena o Citerea si mostra.
E dice all' apparir : « Pace sia teco ;
» Teco difenda Dio la fama nostra,
» E non comporti, contra ogni ragione,
» Ch' abbi di me sì falsa opinione. »

Non mai con tanto gaudio o stupor tanto
Levò gli occhi al figliuolo alcuna madre,
Ch' avea per morto sospirato e pianto,
Poi che senza esso udì tornar le squadre,
Con quanto gaudio il Saracin, con quanto
Stupor, l' alta presenza e le leggiadre
Maniere, e vero angelico sembiante,
Improvviso apparir si vede innante.

Ce n'est pas qu'elle veuille du tourment
Qui le ronge, soulager l'homme qui l'adore,
Et le payer de toute peine passée
Par ce plaisir que tout amant souhaite le plus.
Non, mais quelque artifice, quelque ruse
Propre à le tenir en espérance, voilà ce qu'elle
    ourdit et trame,
Pour user de lui suivant son besoin,
Puis redevenir, comme toujours, dure et hautaine.

Hors de ce buisson épais et mystérieux,
Elle fait une radieuse et subite apparition :
Telle hors d'un bois ou d'une grotte sombre
Diane, sur la scène, ou Cythérée se présente.
Elle dit en se montrant : « La paix soit avec toi ;
» Avec toi Dieu défende notre renommée,
» Et qu'il ne souffre, contre toute raison,
» Que tu aies de moi si fausse opinion. »

Non, jamais avec tant de joie et de stupeur
Ne leva les yeux aucune mère sur un fils
Qu'elle a regretté et pleuré comme mort,
Après avoir vu sans lui revenir l'armée,
Que ne causèrent au Sarrasin de joie, et aussi
De stupeur, l'imposante beauté, les gracieuses
Manières, et le vraiment angélique visage
Qu'il vit tout à coup apparaître devant lui.

4

Pieno di dolce e d' amoroso affetto
Alla sua Donna, alla sua Diva corse,
Che con le braccia al collo il tenne stretto,
Quel ch' al Catai non avria fatto forse.
Al patrio regno, al suo natio ricetto,
Seco avendo costui, l' animo torse;
Subito in lei s' avviva la speranza
Di tosto riveder sua ricca stanza.

Ella gli rende conto pienamente
Dal giorno che mandato fu da lei
A domandar soccorso, in Oriente,
Al Re de' Sericani Nabatei;
E come Orlando la guardò sovente
Da morte, da disnor, da casi rei;
E che il fior virginal così avea salvo,
Co mese lo portò del materno alvo.

Forse era ver, ma non però credibile
A chi del senso suo fosse signore;
Ma parve facilmente a lui possibile,
Ch' era perduto in via più grave errore.
Quel che l' uom vede, Amor gli fa invisibile,
E l' invisibil fa veder Amore.
Questo creduto fu, chè 'l miser suole
Dar facile credenza a quel che vuole.

Plein d'un doux et amoureux transport
Il courut vers sa Dame, vers sa Divinité,
Qui, les bras autour de son cou, l'étreint serré,
Ce qu'au Cathay elle n'eût pas fait peut-être.
Vers le trône de son père et le pays natal,
L'ayant auprès d'elle, se reporte sa pensée,
Et tout à coup en elle se ravive l'espérance
De revoir bientôt son riche palais.

Elle lui rend compte de tout, entièrement,
Depuis le jour qu'elle l'avait envoyé
Demander secours, en Orient,
Au Roi des Séricans Nabathéens ;
Comme Roland souventefois la préserva
De mort, de déshonneur, d'accidents fâcheux,
Et comme ainsi elle a sauvé sa fleur virginale,
Telle qu'elle l'apporta du sein maternel.

C'était vrai peut-être, mais bien peu croyable,
Pour qui de son bon sens eût été maître.
Cela lui parut aisément possible :
Il était perdu en bien d'autres erreurs.
Ce que l'homme voit, Amour le lui rend invi-
    sible,
Et l'invisible, Amour le fait voir.
La chose fut crue : le malheureux toujours
Donne facile créance à ce qu'il désire.

« *Se mal si seppe il Cavalier d' Anglante*
» *Pigliar per sua sciocchezza il tempo buono,*
» *Il danno se ne avrà; chè da qui innante*
» *Nol chiamerà Fortuna a sì gran dono* »
(Tra se tacito parla Sacripante).
« *Ma io per imitarlo già non sono,*
» *Che lasci tanto ben che m' è concesso*
» *E ch' a doler poi m' abbia di me stesso.*

» *Corrò la fresca e matutina rosa*
» *Che, tardando, stagion perder potria :*
» *So ben ch' a donna non si può far cosa*
» *Che più soave e più piacevol sia,*
» *Ancor che se ne mostri disdegnosa,*
» *E talor mesta e flebil se ne stia :*
» *Non starò per repulsa o finto sdegno,*
» *Ch' io non adombri e incarni il mio disegno.* »

Così dice egli; e mentre s' apparecchia
Al dolce assalto, un gràn rumor che suona
Dal vicin bosco, gl' intruona l' orecchia
Sì, che mal grado l' impresa abbandona,
E si pon l' elmo; ch' avea usanza vecchia
Di portar sempre armata la persona.
Viene al destriero e gli ripon la briglia,
Rimonta in sella, e la sua lancia piglia.

« S'il a si mal su, le Chevalier d'Anglante,
» Par sa bêtise, saisir le bon moment,
» Tant pis pour lui ; car d'ici à jamais
» Ne l'appellera la Fortune à tel butin »
(Disait à part lui Sacripant).
« Mais moi, je ne suis pas homme à l'imiter,
» A laisser fuir ce bien suprême qui s'offre,
» Pour n'avoir ensuite qu'à m'accuser moi-même.

» Je cueillerai la fraîche et matinale rose,
» Car si je tarde, elle pourrait perdre sa saison.
» Je sais bien qu'à femme ne se peut faire chose
» Qui soit plus douce et plus plaisante,
» Encore qu'elle s'en montre dédaigneuse
» Et que parfois elle n'en soit triste et pleure.
» Je n'arrêterai, ni pour refus, ni pour feinte
    colère,
» Que je n'aie obombré et incarné mon rêve. »

Ainsi parle-t-il, et tandis qu'il s'apprête
Au doux assaut, une grande rumeur qui s'élève
Du bois voisin, lui assourdit l'oreille,
Si bien qu'à regret il abandonne l'entreprise,
Et prend son casque, ayant le vieil usage
D'être toujours armé, de sa personne.
Il s'approche de son cheval, lui remet la bride,
Remonte en selle, et empoigne sa lance.

4.

Ecco pel bosco un Cavalier venire,
Il cui sembiante è d' uom gagliardo e fiero;
Candido come neve è il suo vestire,
Un bianco pennoncello ha per cimiero.
Re Sacripante, che non può patire
Che quel, con l' importuno suo sentiero,
Gli abbia interrotto il gran piacer ch' avea,
Con vista il guarda disdegnosa e rea.

Come è più appresso, lo sfida a battaglia;
Chè crede ben fargli votar l' arcione.
Quel, che di lui non stimo già che vaglia
Un grano meno, e ne fa paragone,
L' orgogliose minacce a mezzo taglia,
Sprona a un tempo, e la lancia in resta pone.
Sacripante ritorna con tempesta,
E corronsi a ferir, testa per testa.

Non si vanno i leoni o i tori in salto
A dar di petto, ad accozzar sì crudi,
Come li dui guerrieri al fiero assalto,
Che parimente si passàr li scudi.
Fe' lo scontro tremar, del basso all' alto,
L' erbose valli insino ai poggi ignudi;
E ben giovò che fur buoni e perfetti
Gli usberghi sì, che lor salvaro i petti.

Voici venir par le bois un Chevalier
Dont la tournure est d'homme vaillant et hardi ;
Blanche comme neige est son armure,
Un blanc panache il a pour cimier.
Le roi Sacripant, qui ne peut souffrir
Que celui-ci, par son arrivée importune,
Lui ait empêché le plaisir qu'il tenait,
Le regarde d'un air méprisant et farouche.

Dès qu'il est plus près, il le défie en bataille,
Et croit bien lui faire vider les arçons.
L'autre, qui ne pense pas valoir
Un grain de moins, et qui le prouve bien,
Lui coupe à mi-chemin ses orgueilleux défis,
Pique de l'éperon, et met la lance en arrêt.
Sacripant se retourne avec furie
Et tous deux se précipitent au combat, tête baissée.

Ne courent pas les lions ou les taureaux en lutte
Se heurter du poitrail ou du front si rudement
Que ces deux guerriers dans le terrible assaut ;
En même temps furent traversés les écus.
Le choc fit trembler, du bas en haut,
L'herbeux vallon jusqu'aux cimes dénudées,
Et bien leur prit d'avoir de si bons et parfaits
Hauberts, qu'ils leur garantirent la poitrine.

Già non fero i cavalli un correr torto
Anzi cozzaro a guisa di montoni.
Quel del guerrier Pagan morì di corto
Ch' era vivendo in numero de' buoni :
Quell' altro caddè ancor, ma fu risorto
Tosto ch' al fianco si sentì li sproni.
Quel del Re Saracin restò disteso
Addosso al suo signor, con tutto il peso.

L' incognito campion che restò ritto,
E vide l'altro col cavallo in terra,
Stimando avere assai di quel conflitto,
Non si curò di rinnovar la guerra ;
Ma dove per la selva è il camin dritto,
Correndo a tutta briglia si disserra ;
E prima che di briga esca il Pagano,
Un miglio o poco meno è già lontano.

Qual istordito e stupido aratore,
Poi ch' è passato il fulmine, si leva
Di là dove l' altissimo fragore
Presso alli morti buoi steso l' aveva ;
Che mira senza fronde e senza onore
Il pin che di lontan veder soleva ;
Tal si levò il Pagano a piè rimaso,
Angelica presente al duro caso.

Les chevaux non plus ne firent d'écart,
Mais se heurtèrent du front, comme des béliers.
Celui du guerrier Païen mourut sur l'heure
Lui qui, vivant, comptait parmi les bons :
L'autre tomba aussi, mais se releva
Sitôt qu'au flanc il sentit les éperons.
Celui du Roi Sarrasin resta étendu
Par-dessus son maître, de tout son poids.

Le champion inconnu qui était resté en selle
Et, voyant l'autre avec son cheval par terre,
Jugeait avoir assez de cette affaire,
Ne se soucia de renouveler le combat.
Par la forêt, où la route va droit,
Courant à toute bride il décampe,
Et avant que le Païen se tire d'embarras,
D'un mille ou peu s'en faut il est déjà loin.

Tel qu'étourdi et stupide, le laboureur,
Après que le tonnerre est tombé, se relève
De l'endroit où le coup retentissant
Près de ses bœufs foudroyés l'a couché par terre,
Et voit sans feuilles, déshonoré,
Le pin que de loin il découvrait d'ordinaire ;
Ainsi se releva le Païen mis à pied,
Devant Angélique, témoin de l'aventure.

Sospira e geme, non perchè l' annoi
Che piede o bracchio s' abbia rotto o mosso,
Ma per vergogna sola, onde a' dì suoi
Nè pria nè dopo il viso ebbe sì rosso :
E più, ch' oltra il cader, sua Donna poi
Fu che gli tolse il gran peso d' addosso.
Muto restava, mi cred' io, se quella
Non gli rendea la voce e la favella.

« Deh, » disse ella « Signor, non vi rincresca!
» Che del cader non è la colpa vostra,
» Ma del cavallo, a cui riposo et esca
» Meglio si convenia che nuova giostra.
» Nè perciò quel guerrier sua gloria accresca!
» Chè d'esser stato il perditor dimostra :
» Così, per quel ch' io me ne sappia, stimo,
» Quando a lasciar il campo è stato il primo. »

Mentre costei conforta il Saracino,
Ecco col corno e con la tasca al fianco,
Galoppando venir sopra un ronzino
Un messaggier che parea afflitto e stanco ;
Che come a Sacripante fu vicino,
Gli domandò se con lo scudo bianco,
E con un bianco pennoncello in testa ;
Vide un guerrier passar per la foresta.

Il soupire et gémit, non qu'il se plaigne
D'avoir pied ou bras rompu ou démis,
Mais seulement de honte, car de sa vie
Ni avant ni depuis, il n'eut le visage si rouge ;
Et plus de ce que, outre la chute, ce fut sa Dame
Qui lui enleva la lourde masse de dessus.
Il restait muet, je le crois, si celle-ci
Ne lui eût rendu la voix et la parole.

« Eh ! » dit-elle, « Seigneur, ne vous fâchez pas.
» De cette chute la faute n'est pas à vous,
» Mais bien au cheval, à qui du repos et de l'avoine
» Convenaient mieux qu'une nouvelle joute.
» Et que ce guerrier n'aille pas s'en faire gloire !
» Il a été le vaincu, il le montre lui-même :
» Cela, autant que j'en puisse savoir, je l'estime
» De ce qu'à quitter la lice il a été le premier. »

Tandis qu'elle console le Sarrasin,
Voici, la corne et la sacoche au flanc,
Venir au galop sur un roussin
Un messager de mine soucieuse et défaite.
Lorsqu'il se trouva près de Sacripant,
Il lui demanda si avec l'écu blanc
Et un blanc panache en tête,
Il avait vu passer un guerrier, par la forêt.

Rispose Sacripante : « Come vedi,
» *M' ha qui abbattuto, e se ne parte or' ora;*
» *E perch' io sappia chi m' ha messo a piedi,*
» *Fa' che per nome io lo conosca ancora. »*
Ed egli a lui : « Di quel che tu mi chiedi
» *Io ti satisfarò senza dimora :*
» *Tu dei saper che ti levò di sella*
» *L' alto valor d' una gentil·Donzella.*

» *Ella è gagliarda, ed è più bella molto;*
» *Nè il suo famoso nome anco t' ascondo :*
» *Fu Bradamante quella che t' ha tolto*
» *Quanto onor mai tu guadagnasti al mondo. »*
Poi ch' ebbe così detto, a freno sciolto
Il Saracin lasciò poco giocondo,
Che non sa che si dica o che si faccia,
Tutto avvampato di vergogna in faccia.

Poi che gran pezzo al caso intervenuto
Ebbe pensato in vano, e finalmente
Si trovò da una femina abbattuto,
Che pensandovi più, più dolor sente,
Montò l' altro destrier, tacito e muto,
E senza far parola, chetamente
Tolse Angelica in groppa, e differilla
A più lieto uso, a stanza più tranquilla.

Sacripant répondit : « Comme tu vois
» Il m'a ici renversé et s'en va dare dare ;
» Mais pour que je sache qui m'a mis à pied
» Fais que je le connaisse au moins de nom. »
Le messager lui dit : « De ce que tu me demandes
» Je te satisferai sans retard :
» Sache que ce qui t'a fait vider la selle
» C'est la haute valeur d'une gentille Damoiselle.

» Elle est vaillante, et plus belle de beaucoup ;
» Point ne te veux cacher son nom fameux :
» C'est Bradamante, celle qui t'a enlevé
» Tout l'honneur que jamais tu acquis par le
    monde. »
Lors qu'il eut ainsi parlé, à bride abattue
Il laissa, bien peu joyeux, le Sarrasin,
Qui ne sait plus que dire ni que faire,
Tout rouge qu'il est de honte au visage.

Après que longtemps, au cas advenu
Il eut en vain songé, et finalement
Trouvé qu'une femme l'avait jeté à bas,
Que plus il y pense, plus il lui en cuit,
Il monta l'autre cheval, muet et pensif,
Et sans dire mot, silencieusement,
Prit Angélique en croupe, la réservant
A plus doux usage, en lieu plus tranquille.

5

Non furo iti duo miglia, che sonare
Odon la selva che li cinge intorno,
Con tal rumor e strepito, che pare
Che tremi la foresta d' ogn' intorno;
E poco dopo un gran destrier n' appare
D' oro guernito, e riccamente adorno,
Che salta macchie e rivi, ed a fracasso
Arbori mena e ciò che vieta il passo.

« *Se l' intricati rami e l' aer fosco,* »
Disse la Donna, « agli occhi non contende,
» *Baiardo è quel destrier ch' in mezzo il bosco*
» *Con tal rumor la chiusa via si fende.*
» *Questo è certo Baiardo; io 'l riconosco :*
» *Deh! come ben nostro bisogno intende,*
» *Ch' un sol ronzin per dui saria mal' atto!*
» *E ne vien egli a satisfarci ratto.* »

Smonta il Circasso ed al destrier s' accosta,
E si pensava dar di mano al freno.
Colle groppe il destrier gli fa risposta,
Che fu presto al girar come un baleno;
Ma non arriva dove i calci apposta :
Misero il Cavalier se giungea a pieno!
Chè ne' calci tal possa avea il cavallo,
Ch' avria spezzato un monte di metallo.

Ils n'ont pas marché deux milles, qu'ils entendent
Résonner la forêt qui les environne
D'un tel vacarme et d'un tel fracas, qu'il semble
Que tout le bois en tremble aux alentours.
Peu après, apparaît un grand destrier
Tout garni d'or et richement harnaché,
Qui saute halliers et ruisseaux, et à grand bruit
Brise les arbres et tout ce qui barre sa route.

« Si l'épaisse ramure et le jour trouble, »
Dit la Dame, « ne me voilent pas les yeux,
» C'est Bayard, ce destrier qui à travers le bois
» Avec un tel fracas se fraye son chemin.
» C'est Bayard, pour sûr ; je le reconnais :
» Ah ! comme il a bien compris notre besoin,
» Et qu'un roussin pour deux, c'était trop peu !
» Il vient à notre aide tout de suite. »

Le Circassien descend et s'approche du cheval,
Croyant lui mettre la main à la bride ;
Le cheval de la croupe lui réplique,
Leste à se retourner, comme un éclair ;
Mais la ruade n'arriva pas à son adresse :
Malheureux Chevalier, si elle l'atteignait en plein !
Car dans ses sabots le cheval avait tant de force
Qu'il eût mis en pièces un bloc de fer.

Indi va mansueto alla Donzella,
Con umile sembiante e gesto umano,
Come intorno al padrone il can saltella
Che sia dui giorni o tre stato lontano :
Baiardo ancora avea memoria d' ella
Ch' in Albracca il servia già di sua mano,
Nel tempo che da lei tanto era amato
Rinaldo, allor crudele, allora ingrato.

Con la sinistra man prende la briglia,
Con l'altra tocca e palpa il collo e il petto:
Quel destrier ch' avea ingegno a maraviglia,
A lei, come un agnel, si fa suggetto.
Intanto Sacripante il tempo piglia:
Monta Baiardo, e l' urta e lo tien stretto.
Del ronzin disgravato la Donzella
Lascia la groppa, e si ripone in sella.

Poi rivolgendo a caso gli occhi, mira
Venir sonando d' arme un gran pedone.
Tutta s' avvampa di dispetto e d'ira ;
Chè conosce il figliuol del Duca Amone.
Più che sua vita l' ama egli e desira ;
L' odia e fugge ella più che gru falcone.
Già fu ch' esso odiò lei più che la morte ;
Ella amò lui ; or han cangiato sorte.

Puis il va tout doux à la Damoiselle,
Avec une humble allure et l'air d'un être humain,
Comme le chien saute autour de son maître,
Après deux ou trois jours d'absence.
Bayard encore avait mémoire de celle
Qui dans Albraque le servait de sa main,
Au temps que d'elle était si bien aimé
Renaud, alors cruel, alors ingrat.

De la main gauche elle prend la bride,
De l'autre elle touche et flatte le col et le poitrail.
Ce destrier, intelligent à merveille
Pour elle, comme un agneau, se fait soumis.
Cependant Sacripant saisit le moment,
Monte Bayard, l'étreint et le tient serré.
Du roussin allégé la Damoiselle
Laisse la croupe et se replace en selle.

Puis, retournant les yeux par hasard, elle voit
Venir, avec un bruit d'armure, un grand piéton.
Elle rougit toute de dépit et de colère;
Car elle reconnaît le fils du Duc Aymon.
Plus que sa vie il l'aime et la désire,
Elle le hait et fuit, plus que grue le faucon.
Naguère c'était lui qui la détestait à mort,
Et elle l'adorait; ils ont changé de rôle.

5.

E questo hanno causato due Fontane
Che di diverso effetto hanno liquore,
Ambe in Ardenna, e non sono lontane :
D' amoroso disio l' una empie il core;
Chi bee dell' altra, senza amor rimane,
E volge tutto in ghiaccio il primo ardore.
Rinaldo gustò d' una, e amor lo strugge,
Angelica dell' altra, e l' odia e fugge.

Quel liquor di secreto venen misto,
Che muta in odio l'amorosa cura,
Fa che la Donna che Rinaldo ha visto,
Nei sereni occhi subito s' oscura;
E con voce tremante e viso tristo
Supplica Sacripante e lo scongiura
Che quel guerrier più appresso non attenda,
Ma ch' insieme con lei la fuga prenda.

— « *Son dunque,* » *disse il Saracino,* « *sono*
» *Dunque in sì poco credito con vui?*
» *Che mi stimiate inutile e non buono*
» *Da potervi difender da costui.*
» *Le battaglie d'Albracca già vi sono*
» *Di mente uscite, e la notte ch' io fui*
» *Per la salute vostra solo e nudo,*
» *Contra Agricane e tutto il campo, scudo?* »

Voilà ce dont sont cause deux fontaines
Qui ont des eaux de diverse vertu,
Toutes deux dans les Ardennes, non loin l'une
    de l'autre :
D'amoureux désir l'une emplit le cœur,
Qui boit de l'autre, reste sans amour
Et change en glaçon toute son ardeur première.
Renaud but de l'une et l'amour le consume,
Angélique de l'autre : elle le hait et le fuit.

Cette liqueur, d'un secret venin mélangée,
Qui change en haine l'amoureux souci,
Fait que la Dame, à la vue de Renaud,
Vite obscurcit ses beaux yeux.
D'une voix tremblante et d'un air chagrin
Elle supplie Sacripant et le conjure
De ne pas attendre que ce guerrier soit plus proche,
Et de prendre avec elle la fuite.

« Suis-je donc, » dit le Sarrasin, « suis-je donc
» En si peu de crédit auprès de vous,
» Que vous m'estimiez inutile, incapable
» De vous défendre contre cet homme-là ?
» Les batailles d'Albraque vous sont-elles
» Sorties de la mémoire, et la nuit où je fus
» Pour votre salut, seul et sans armes,
» Contre Agricant et toute l'armée, votre bou-
    clier ? »

Non risponde ella, e non sa che si faccia,
Perchè Rinaldo ormai l' è troppo appresso,
Che da lontano al Saracin minaccia,
Come vide il cavallo e conobbe esso,
E riconobbe l' angelica faccia
Che l' amoroso incendio in cor gli ha messo.
Quel che seguì tra questi dui superbi
Vo' che per l'altro Canto si reserbi.

Elle ne répond pas et ne sait que faire;
Renaud est désormais trop rapproché.
De loin il menace le Sarrasin,
Dès qu'il a vu le cheval et l'a reconnu.
Il a reconnu aussi l'angélique visage
Qui dans le cœur lui a mis l'amoureux incendie.
Ce qui s'ensuivit entre ces deux superbes,
J'entends le réserver pour l'autre Chant.

ROLAND FURIEUX

CHANT SECOND

SOMMAIRE

Combat de Sacripant et de Renaud ; nouvelle fuite
d'Angélique ; — Un vieux Nécromant, par un artifice,
les sépare ; — Renaud, sur Bayard, galope vers Paris ;
— Charlemagne l'envoie en Bretagne ; — Bradamante
rencontre Pinabel de Mayence ; — Elle apprend de lui
où est Roger ; — L'hippogriffe et le castel aux murs
d'acier ; — Roger enchaîné par le Magicien ; — Bradamante est rappelée à Marseille ; — L'amour la pousse
à délivrer Roger ; — Pinabel, qu'elle prend pour guide,
la fait tomber au fond d'un précipice.

CANTO SECONDO

~~~~~

Ingiustissimo Amor, perchè sì raro
Corrispondenti fai nostri disiri?
Onde, perfido, avvien che t' è sì caro
Il discorde voler ch' in dui cor miri?
Ir non mi lasci al facil guado e chiaro,
E nel più cieco e maggior fondo tiri:
Da chi disia il mio amor tu mi richiami,
E chi m'ha in odio vuoi ch' adori ed ami.

Fai ch' a Rinaldo Angelica par bella,
Quando esso a lei brutto e spiacevol pare:
Quando le parea bello e l' amava ella,
Egli odiò lei quanto si può più odiare.
Ora s'affligge indarno e si flagella;
Così renduto ben gli è pare a pare:
Ella l' ha in odio; e l' odio è di tal sorte,
Che più tosto che lui vorria la morte.

CHANT SECOND

Injuste, injuste Amour, pourquoi si rarement
Fais-tu correspondre nos désirs ?
D'où, perfide, advient-il que t'est si cher
De voir entre deux cœurs la désunion ?
Tu ne me laisses pas aller où le gué est facile et clair,
Et tu m'enfonces où l'eau est la plus trouble et creuse :
De qui sourit à mon amour tu m'éloignes,
Et qui me hait, tu veux que je l'adore et l'aime.

Tu fais qu'à Renaud Angélique semble belle
Quand il lui paraît, à elle, laid et déplaisant ;
Quand il lui semblait beau et qu'elle l'aimait,
Lui la haïssait autant qu'on peut haïr.
Maintenant il s'afflige en vain et se tourmente :
Ainsi lui est bien rendue la pareille.
Elle le déteste, et sa haine est telle,
Que plutôt que lui elle voudrait la mort.

6

Rinaldo al Saracin, con molto orgoglio,
Gridò : « Scendi, ladron, del mio cavallo.
» Che mi sia tolto il mio, patir non soglio,
» Ma ben fo, a chi lo vuol, caro costallo :
» E levar questa Donna anco ti voglio ;
» Chè sarebbe a lasciartela gran fallo :
» Sì perfetto destrier, Donna sì degna
» A un ladron non mi par che si convegna. »

— « Tu te ne menti che ladrone io sia, »
Rispose il Saracin non meno altiero ;
« Chi dicesse a te ladro, lo diria
» (Quanto io n' odo per fama) più con vero.
» La pruova or si vedrà chi di noi sia
» Più degno della Donna e del destriero ;
» Benchè, quanto a lei,. teco io mi convegna
» Che non è cosa al mondo altra sì degna. »

Come soglion talor dui can mordenti,
O per invidia o per altro odio mossi,
Avvicinarsi digrignando i denti,
Con occhi biechi e più che bracia rossi ;
Indi a' morsi venir, di rabbia ardenti,
Con aspri ringhi e rabbuffati dossi :
Così alle spade', e dai gridi e dall' onte,
Venne il Circasso e quel di Chiaramonte.

Renaud au Sarrasin, avec grande arrogance,
Cria : « Descends, voleur, de mon cheval.
» Qu'on me prenne mon bien, jamais ne le
    souffre,
» Et je le fais, à qui l'essaye, coûter cher.
» De plus, je veux t'enlever cette Dame,
» Te la laisser serait grand dommage.
» Destrier si parfait, Dame si accomplie
» A voleur tel que toi ne me semblent convenir. »

— « Tu en as menti, que je sois un voleur, »
Répondit le Sarrasin, non moins arrogant ;
« Qui t'appellerait voleur, toi ; parlerait
» (Si j'en crois la renommée) avec plus de justice·
» La preuve à l'instant se verra, qui de nous deux
» Est plus digne d'avoir la Dame et le coursier ;
» Bien que, quant à elle, je convienne avec toi
» Qu'il n'y ait au monde autre objet si beau. »

Comme on voit parfois deux chiens hargneux,
Par jalousie ou toute autre cause excités,
Se rapprocher, grinçant des dents,
Les yeux hagards et plus rouges que braise,
Puis en venir à se mordre, ardents de rage,
Les poils hérissés, les reins tendus :
Ainsi des cris et des injures, aux épées
En viennent le Circassien et le sire de Clairemont.

A piedi è l' un, l' altro a cavallo : or quale
Credete ch' abbia il Saracin vantaggio?
Nè ve n' ha però alcun ; chè così vale
Forse ancor men ch' uno inesperto paggio :
Chè 'l destrier per instinto naturale
Non volea far al suo signor oltraggio :
Nè con man nè con spron potea il Circasso
Farlo a volontà sua mover mai passo.

Quando crede cacciarlo, egli s'arresta;
E se tener lo vuole, o corre o trotta :
Poi sotto il petto si caccia la testa,
Giuoca di schiene e mena calci in frotta.
Vedendo il Saracin ch' a domar questa
Bestia superba era mal tempo allotta,
Ferma le man sul primo arcione e s'alza,
E dal sinistro fianco in piede sbalza.

Sciolto che fu il Pagan con leggier salto
Dall' ostinata furia di Baiardo,
Si vide cominciar ben degno assalto
D'un par di Cavalier tanto gagliardo.
Suona l' un brando e l' altro, or basso, or alto :
Il martel di Vulcano era più tardo
Nella spelonca affummicata, dove
Battea all' incude i folgori di Giove.

A pied est l'un, l'autre à cheval; or quel
Avantage croyez-vous qu'aie le Sarrasin ?
Il n'en a aucun et ne vaut pas mieux,
Moins peut-être, qu'un page sans expérience;
Car le destrier, par instinct naturel,
Ne voulait faire tort à son maître,
Et ni de la main, ni de l'éperon, le Circassien
Ne pouvait à son gré le faire aller jamais.

Quand il croit le pousser, le cheval s'arrête,
Et s'il veut le retenir, il court ou trotte,
Puis sous son poitrail s'enfonce la tête,
Joue de la croupe et jette ses fers en l'air;
Le Sarrasin voyant que de dompter
Cette bête rétive, point n'était le moment,
Appuie la main sur l'arçon, se soulève,
Et du côté gauche à terre descend.

Dès que se fut délivré le Païen, légèrement,
De l'entêtement obstiné de Bayard,
On vit commencer un assaut vraiment digne
D'une paire de Chevaliers si vaillants.
Résonne une lame, puis l'autre, en bas, en haut :
Le marteau de Vulcain était plus lent
Dans cette caverne enfumée, où
Il battait sur l'enclume les foudres de Jupiter.

Fanno or con lunghi, ora con finti e scarsi
Colpi, veder che mastri son del giuoco:
Or li vedi ire altieri, or rannicchiarsi;
Ora coprirsi, ora mostrarsi un poco;
Ora crescer innanzi, ora ritrarsi;
Ribatter colpi, e spesso lor dar loco;
Girarsi intorno; e donde l'uno cede,
L'altro aver posto immantinente il piede.

Ecco Rinaldo con la spada addosso
A Sacripante tutto s'abbandona;
E quel porge lo scudo, ch'era d'osso,
Con la piastra d'acciar temprata e buona,
Taglial Fusberta, ancor che molto grosso;
Ne geme la foresta e ne risuona.
L'osso e l'acciar ne va che par di ghiaccio,
E lascia al Saracin stordito il braccio.

Come vide la timida Donzella
Dal fiero colpo uscir tanta ruina,
Per gran timor cangiò la faccia bella,
Qual il reo ch'al supplicio s'avvicina;
Nè le par che vi sia da tardar, s'ella
Non vuol di quel Rinaldo esser rapina,
Di quel Rinaldo ch'ella tanto odiava,
Quanto esso lei miseramente amava.

Par leurs coups tantôt droits, tantôt en feintes
    et obliques,
Ils font voir qu'ils sont des maîtres à ce jeu :
Voyez-les marcher, menaçants, ou bien se
    ramasser,
Tantôt se couvrir, tantôt se montrer un peu,
Tantôt s'allonger en avant et tantôt reculer,
Parer les coups et souvent s'effacer,
Volter lestement, et, si l'un rompt d'une semelle,
L'autre y poser aussitôt le pied.

Voici que Renaud, l'épée haute,
De toute sa force tombe sur Sacripant :
Celui-ci présente son bouclier, qui était d'os
Et plaqué d'acier de bonne trempe.
Fusberte le coupe, si solide qu'il soit ;
Au forêt en retentit et en tremble.
L'os et l'acier sont brisés comme de la glace
Et laissent au Sarrasin le bras tout engourdi.

Lors que vit la timide Damoiselle
Ce maître coup produire tant de ravage,
De frayeur grande pâlit son beau visage,
Comme au coupable dont le supplice approche.
Il ne lui paraît pas qu'il soit temps de s'amuser,
Et elle ne veut être la proie de Renaud,
De ce Renaud qu'elle hait
Autant que malheureusement il l'adore.

Volta il cavallo, e nella selva folta
Lo caccia per un aspro e stretto calle;
E spesso il viso smorto a dietro volta,
Che le par che Rinaldo abbia alle spalle.
Fuggendo non avea fatto via molta,
Che scontrò un Eremita, in una valle,
Ch' avea lunga la barba a mezzo il petto,
Devoto e venerabile d' aspetto.

Dagli anni e dal digiuno attenuato,
Sopra un lento asinel se ne veniva,
E parea, più ch' alcun fosse mai stato,
Di coscienza scrupolosa e schiva.
Come egli vide il viso delicato
Della Donzella che sopra gli arriva,
Debil quantunque e mal gagliarda fosse,
Tutta per carità se gli commosse.

La Donna al Fraticel chiede la via
Che la conduca ad un porto di mare,
Perchè levar di Francia si vorria
Per non udir Rinaldo nominare.
Il Frate che sapea negromanzia,
Non cessa la Donzella confortare
Che presto la trarrà d' ogni periglio;
Et ad una sua tasca diè di piglio.

le tourne son cheval, et dans la forêt touffue
e pousse par un rude et étroit sentier,
souvent regarde derrière elle, à demi morte,
r il lui semble avoir Renaud sur les épaules.
n fuyant, elle n'avait pas fait longue route
u'elle rencontra un Ermite, dans une vallée,
barbe descendant jusqu'à la ceinture,
vot et vénérable d'aspect.

r les ans et par le jeûne exténué
ur un âne paresseux il cheminait
semblait plus qu'autre jamais ne fut
conscience scrupuleuse et rigide.
rsqu'il vit le délicat visage
la Damoiselle qui vers lui s'en venait,
débile et si mal en point,
se sentit tout remué de compassion.

Dame au Religieux demande un chemin
ui la conduise à un port de mer,
rce qu'elle voudrait sortir de France
ur ne plus entendre parler de Renaud.
Religieux, savant en nécromancie,
cesse d'assurer à la Damoiselle
ue vite il la tirera de tout danger;
il se met à fouiller dans sa poche.

Trassene un libro, e mostrò grande effetto;
Chè legger non finì la prima faccia,
Ch' uscir fa un spirto in forma di valletto,
E gli comanda quanto vuol che 'l faccia.
Quel se ne va, dalla scrittura astretto,
Dove i dui Cavalieri a faccia a faccia
Eran nel bosco, e non stavano al rezzo;
Fra' quali entrò con grande audacia in mezzo

« *Per cortesia,* » *disse,* « *un di voi mi mostre*
» *Quando anco uccida l' altro, che gli vaglia,*
» *Che merto avrete alle fatiche vostre,*
» *Finita che tra voi sia la battaglia,*
» *Se 'l Conte Orlando, senza liti o giostre,*
» *E senza pur aver rotta una maglia,*
» *Verso Parigi mena la Donzella*
» *Che v' ha condotti a questa pugna fella.*

» *Vicino un miglio ho ritrovato Orlando*
» *Che ne va con Angelica a Parigi,*
» *Di voi ridendo insieme, e motteggiando*
» *Che senza frutto alcun siate in litigi.*
» *Il meglio forse vi sarebbe, hor quando*
» *Non son più lungi, a seguir lor vestigi,*
» *Chè s' in Parigi Orlando la può avere,*
» *Non ve la lascia mai più rivedere.* »

en tire un livre, et aussitôt, grand miracle :
Car il n'a pas fini d'en lire la première page,
Qu'il évoque un esprit, sous forme de valet,
Et lui commande ce qu'il veut qu'il fasse.
Le valet s'en va, contraint par le charme,
Où les deux Chevaliers, face à face,
Étaient dans le bois, et ne restaient pas au frais ;
Entre eux deux hardiment il s'avance.

« De grace, » dit-il, « que l'un de vous me dise,
Quand même il tuerait l'autre, à quoi lui ser-
    vira?
Quel prix aurez-vous de vos fatigues,
La bataille terminée entre vous,
Si le Comte Roland, sans rixe ni combat,
Sans seulement avoir une maille rompue,
A Paris emmène la Damoiselle
Qui vous a fait vous battre de la sorte ?

A un mille d'ici j'ai rencontré Roland,
Il s'en retourne avec Angélique à Paris,
Tous deux ensemble riant et se gaussant de vous,
Qui sans profit aucun êtes en querelle.
Mieux vous vaudrait peut-être, à présent
Qu'ils ne sont pas loin, suivre leurs traces.
Si dans Paris Roland peut la tenir,
Jamais plus il ne vous la laissera revoir. »

Veduto avreste i Cavalier turbarsi
A quell' annunzio; e mesti e sbigottiti,
Senza occhi e senza mente nominarsi
Che gli avesse il rival così scherniti;
Ma il buon Rinaldo al suo cavallo trarsi
Con sospir che parean del fuoco usciti,
E giurar per isdegno e pèr furore,
Se giungea Orlando, di cavargli il core.

E dove aspetta il suo Baiardo, passa,
E sopra vi si lancia e via galoppa;
Nè al Cavalier ch' a piè nel bosco lassa,
Pur dice a Dio, non che lo inviti in groppa.
L' animoso cavallo urta e fracassa,
Punto dal suo signor, ciò ch' egli intoppa :
Non ponno fosse o fiumi o sassi o spine,
Far che dal corso il corridor decline.

Signor, non voglio che vi paia strano,
Se Rinaldo or sì tosto il destrier piglia,
Che già più giorni ha seguitato in vano,
Nè gli ha possuto mai toccar la briglia.
Fece il destrier, ch' avea intelletto umano,
Non per vizio seguirsi tante miglia,
Ma per guidar dove la Donna giva,
Il suo signor, da chi bramar l' udiva.

Vous eussiez vu les Chevaliers se troubler
A cette nouvelle, tristes et déconfits,
Et se dire qu'ils étaient sans yeux et sans cervelle,
De s'être ainsi laissés jouer par un rival;
Puis le brave Renaud se rapprocher de son cheval,
Avec des soupirs qui semblaient sortir du feu,
Et jurer de dépit et de rage,
S'il trouve Roland, de lui arracher le cœur.

Il arrive à l'endroit où son Bayard l'attend,
Saute dessus et se met à galoper.
Au Chevalier qu'il laisse à pied dans le bois,
Point ne dit adieu, point ne l'invite en croupe.
L'ardent coursier heurte et fracasse,
Pressé par son maître, tout ce qui lui barre la route,
Et ne peuvent fossés, fleuves, rochers, buissons,
Faire qu'il ralentisse son train.

Seigneur, je ne veux pas qu'il vous semble étrange
Que Renaud s'empare si vite de son cheval,
Lui qui depuis si longtemps le poursuivait en vain,
Sans pouvoir jamais mettre la main sur sa bride.
Le destrier, doué d'intelligence humaine,
Non par méchanceté s'était fait suivre tant de milles,
Mais pour conduire où était la Dame
Son maître, qu'il entendait soupirer après elle.

7

Quando ella si fuggì dal padiglione,
La vide ed appostolla il buon destriero;
Che si trovava aver voto l' arcione,
Però che n' era sceso il Cavaliero
Per combatter di par con un Barone
Che men di lui non era in arme fiero.
Poi ne seguitò l' orme di lontano,
Bramoso porla al suo signore in mano.

Bramoso di ritrarlo ove fosse ella,
Per la gran selva innanzi se gli messe;
Nè lo volea lasciar montare in sella,
Perchè ad altro cammin non lo volgesse.
Per lui trovò Rinaldo la Donzella
Una e due volte, e mai non gli successe;
Che fu da Ferraù prima impedito,
Poi dal Circasso, come avete udito.

Ora al Demonio che mostrò a Rinaldo
Della Donzella li falsi vestigi,
Credette Baiardo anco, e stette saldo
E mansueto ai soliti servigi.
Rinaldo il caccia, d' ira e d' amor caldo,
A tutta briglia, e sempre in ver Parigi;
E vola tanto col desio, che lento,
Non ch' un destrier, ma gli parrebbe il vento.

Lorsqu'elle s'était échappée de la tente
Il la vit et s'en approcha, le bon destrier ;
Il était libre, l'arçon vide,
Son Cavalier en étant descendu,
Pour combattre de pair avec un Baron
Non moins que lui terrible sous les armes..
Puis il en suivit les traces de loin,
Soucieux de la remettre en main à son maître.

Soucieux aussi de l'attirer, lui, où elle était,
Dans la grande forêt il se mit devant lui ;
Mais sans vouloir le laisser monter en selle,
De peur qu'un autre chemin il ne lui fît prendre.
Par lui, Renaud retrouva la Damoiselle
Une fois, deux fois, et toujours sans succès ;
D'abord, il fut arrêté par Ferragus ;
Puis par le Circassien, comme vous l'avez ouï.

Or, au Démon qui indiquait à Renaud
De fausses traces de la Damoiselle,
Bayard crut aussi et se tint sage
Et docile, prêt à rendre ses services accoutumés.
Renaud le pousse, brûlant de colère et d'amour,
A toute bride, toujours vers Paris,
Son désir a de telles ailes, qu'il accuserait de lenteur
Non-seulement un cheval, mais le vent.

La notte a pena di seguir rimane
Per affrontarsi col Signor d' Anglante :
Tanto ha creduto alle parole vane
Del messaggier del cauto Negromante.
Non cessa cavalcar sera e dimane, .
Che si vede apparir la terra avante,
Dove Re Carlo, rotto e mal condutto,
Con le reliquie sue s' era ridutto.

E perchè dal Re d' Africa battaglia
Ed assedio v' aspetta, usa gran cura
A raccor buona gente e vettovaglia,
Far cavamenti e riparar le mura;
Ciò ch' a difesa spera che gli vaglia,
Senza gran differir, tutto procura.
Pensa mandare in Inghilterra, e trarne
Gente, onde possa un nuovo campo farne.

Chè vuole uscir di nuovo alla campagna,
E ritentar la sorte della guerra.
Spaccia Rinaldo subito in Bretagna :
Bretagna che fu poi detta Inghilterra.
Ben dell' andata il Paladin si lagna :
Non ch' abbia così in odio quella terra,
Ma perchè Carlo il manda allora allora,
Nè pur lo lascia un giorno far dimora.

La nuit à peine il cesse de courir
Pour se mesurer avec le Sire d'Anglante :
Tant il a confiance aux paroles mensongères
Du messager du perfide Nécromant.
Sans s'arrêter il chevauche, soir et matin,
Jusqu'à ce qu'il voit devant lui le pays
Où le roi Charles, défait et en désordre,
Avec ses débris s'était retiré.

Et comme il attend du Roi d'Afrique
Bataille et assaut, il met grand soin
A rassembler de bonnes troupes et des vivres,
Faire des fossés, réparer les murailles ;
A la défense tout ce qu'il espère être bon,
Sans aucun retard, il le fait faire.
Il pense envoyer en Angleterre, et en tirer
Des troupes, pour former un nouveau camp.

Car il veut se montrer encore en plaine,
Et tenter de nouveau le sort de la guerre.
Il dépêche Renaud vite en Bretagne :
Bretagne, qui depuis fut dite Angleterre.
De l'ambassade le Paladin s'ennuie,
Non qu'il déteste en quoi que ce soit ce pays,
Mais parce que Charles l'envoie vite, vite,
Et ne le laisse s'arrêter un seul jour.

7.

Rinaldo mai di ciò non fece meno
Volentier cosa; poi che fu distolto
Di gir cercando il bel viso sereno,
Che gli avea il cor di mezzo il petto tolto.
Ma per ubbidir Carlo, nondimeno
A quella via si fu subito volto,
Ed a Calesse in poche ore trovossi;
E giunto, il dì medesimo imbarcossi.

Contra la volontà d' ogni nocchiero,
Pel gran desir che di tornare avea,
Entrò nel mar, ch' era turbato e fiero;
E gran procella minacciar parea.
Il vento si sdegnò, che dall' altiero
Sprezzar si vide; e con tempesta rea
Sollevò il mar intorno, e con tal rabbia,
Che gli mandò a bagnar sino alla gabbia.

Calano tosto i marinari accorti
Le maggior vele, e pensano dar volta,
E ritornar nelli medesmi porti
Donde in mal punto avean la nave sciolta.
« Non convien, » dice il Vento, « ch' io comporti
» Tanta licenzia che v' avete tolta; »
E soffia e grida, e naufragio minaccia
S' altrove van che dove egli li caccia.

Jamais Renaud ne fit chose
Moins volontiers ; cela le retardait
D'aller en quête du radieux visage
Qui lui avait volé son cœur dans sa poitrine.
Mais pour obéir à Charles, néanmoins
Il se mit aussitôt en route,
A Calais en peu de jours il arriva ;
Arrivé, le même jour il s'embarqua.

Contre le vouloir de tous les matelots,
Dans le grand désir qu'il avait de revenir,
Il prit la mer, houleuse alors et tourmentée ;
Une grande tempête paraissait menacer.
Le vent s'irrita de se voir méprisé
Du téméraire, et d'un terrible ouragan
Souleva de toutes parts les flots, avec telle fureur,
Qu'il les envoya baigner jusqu'à la hune.

Les adroits marins carguent aussitôt
Les maîtresses voiles, et pensent virer de bord,
Pour regagner le port même
D'où ils avaient à la male heure sorti le navire.
« Il ne me convient pas, » dit le Vent, « de souffrir
» Que l'on prenne avec moi tant de liberté. »
Et il souffle et gronde et menace de les submerger,
S'ils vont ailleurs qu'où il les chasse.

Or a poppa, or all' orza hanno il crudele
Che mai non cessa e vien più ognor crescendo;
Essi di qua di là con umil vele
Vansi aggirando, e l' alto mar scorrendo.
Ma perchè varie fila a varie tele
Uopo mi son, che tutte ordire intendo,
Lascio Rinaldo e l' agitata prua,
E torno a dir di Bradamante sua.

Io parlo di quella inclita Donzella,
Per cui Re Sacripante in terra giacque,
Che di questo Signor degna sorella,
Del Duca Amone e di Beatrice nacque.
La gran possanza e il molto ardir di quella
Non meno a Carlo e tutta Francia piacque,
(Che più d' un parangon ne vide saldo)
Che 'l lodato valor del buon Rinaldo.

La Donna amata fu da un Cavaliero
Che d' Africa passò col Re Agramante,
Che partorì del seme di Ruggiero
La disperata figlia d' Agolante :
E costei, che nè d' orso nè di fiero
Leone uscì, non sdegnò tal amante,
Benchè concesso, fuor che vedersi una
Volta e parlarsi, non ha lor Fortuna.

Tantôt en poupe, tantôt en flanc ils ont ce vent
    cruel
Qui jamais ne cesse, et va toujours croissant.
De çà, de là, avec les basses voiles,
Ils s'en vont tournant, emportés dans la haute mer.
Mais comme j'ai besoin de différents fils,
Pour les diverses trames que je veux ourdir,
J'abandonne Renaud et son navire ballotté,
Pour revenir à sa Bradamante.

Je parle de cette vaillante Damoiselle
Par qui le Roi Sacripant fut jeté par terre :
De Renaud cette digne sœur,
Du Duc Aymon et de Béatrice naquit.
Sa grande force et son hardi courage
Plurent non moins à Charles et à toute la France,
(Après qu'on l'en eût vue faire mainte preuve),
Que la valeur renommée du bon Renaud.

La Dame fut aimée d'un Chevalier
Venu d'Afrique avec le Roi Agramant;
Des œuvres de Roger l'avait eu
La malheureuse fille d'Agolant :
Elle, qui ni d'un ours ni d'un lion féroce
N'était issue, n'a pas dédaigné un tel amoureux,
Bien que, hors de se voir et de se parler
Une seule fois, ne leur a rien permis la Fortune.

Quindi cercando Bradamante gia
L' amante suo ch' avea nome dal padre,
Così sicura senza compagnia,
Come avesse in sua guardia mille squadre.
E fatto ch' ebbe il Re di Circassia
Battere il volto dell' antiqua madre,
Traversò un bosco, e dopo il bosco un monte,
Tanto che giunse ad una bella fonte.

La fonte discorrea per mezzo un prato,
D' arbori antiqui e di bell' ombre adorno,
Ch' i viandanti col mormorio grato
A ber invita e a far seco soggiorno.
Un culto monticel dal manco lato
Le difende il calor del mezzogiorno.
Quivi, come i begli occhi prima torse,
D' un Cavalier la Giovane s' accorse;

D' un Cavalier ch' all' ombra d' un boschetto,
Nel margin verde e bianco e rosso e giallo,
Sedea pensoso, tacito e soletto
Sopra quel chiaro e liquido cristallo.
Lo scudo non lontan pende e l' elmetto
Dal faggio, ove legato era il cavallo :
Ed avea gli occhi molli e 'l viso basso,
E si mostrava addolorato e lasso.

Dès lors Bradamante allait cherchant partout
Cet amant, qui porte le même nom que son père,
Aussi en sûreté, sans personne avec elle,
Que si elle avait mille escadrons pour escorte.
Lorsqu'elle eut fait au Roi de Circassie
Battre la face de notre antique mère,
Elle traversa un bois, après le bois un mont,
Et enfin arriva près d'une belle source.

La source courait au milieu d'un pré
Orné de vieux arbres et de beaux ombrages,
Invitant, par son agréable murmure,
Les passants à boire et à s'arrêter là.
Un joli coteau, à main gauche,
La défend de la chaleur de midi.
Là, dès qu'elle leva ses beaux yeux,
La Jouvencelle aperçut un Chevalier;

Un Chevalier, qui à l'ombre d'un bouquet de bois,
Sur la rive verte, blanche, rouge et jaune,
Était assis pensif, muet et solitaire,
Au bord de ce clair et limpide cristal.
L'écu pendait non loin et le casque,
Au hêtre, où était attaché le cheval.
Il avait les yeux humides, la tête penchée,
Et paraissait chagrin et abattu.

Questo disir ch' a tutti sta nel core,
De' fatti altrui sempre cercar novella,
Fece a quel Cavalier del suo dolore
La cagion domandar dalla Donzella.
Egli l' asperse e tutta mostrò fuore,
Dal cortese parlar mosso di quella,
E dal sembiante altier, ch' al primo sguardo
Gli sembrò di guerrier molto gagliardo.

E cominciò : « Signor, io conducea
» Pedoni e cavalieri, e venia in campo
» Là dove Carlo Marsilio attendea,
» Perch' al scender del monte avesse inciampo;
» E una giovane bella meco avea,
» Del cui fervido amor nel petto avvampo;
» E ritrovai presso a Rodonna, armato,
» Un che frenava un gran destriero alato.

» Tosto che 'l ladro, (o sia mortale o sia
» Una dell' infernali anime orrende),
» Vede la bella e cara Donna mia,
» Come falcon che per ferir discende,
» Cala e poggia in uno attimo, e tra via
» Getta le mani e lei smarrita prende.
» Ancor non m' era accorto dell' assalto,
» Che della Donna io senti il grido in alto.

Ce désir que tout le monde a dans le cœur
De vouloir connaître les affaires des autres,
Fit qu'à ce Chevalier de sa douleur
Demanda la cause la Damoiselle.
Il s'ouvrit à elle et lui dit tout,
Ému de son parler courtois
Et de sa noble prestance, qu'au premier coup d'œil
Il jugea être d'un fort vaillant guerrier.

Il commença : « Seigneur, je commandais
 » Piétons et cavaliers, et venais au camp
 » Où Charles attendait Marsile,
 » Pour lui barrer la route, au bas de la mon-
       tagne.
 » J'avais avec moi une belle jeune fille
 » Pour qui je brûle d'amour en mon cœur;
 » Je rencontrai près de Rodonne, couvert de fer,
 » Un homme qui montait un grand cheval ailé.

 » Dès que le larron (que ce soit un mortel
 » Ou bien un des horribles esprits infernaux),
 » Aperçut ma belle et chère Maîtresse,
 » Comme un faucon qui fond sur sa proie,
 » Il s'élance et tombe, rapide, à sa rencontre,
 » Avance les mains et la saisit toute éperdue.
 » Je ne m'étais pas seulement douté de l'attaque,
 » Que j'entendis les cris de ma Dame, au haut du
       ciel.

» *Così il rapace nibbio furar suole*
» *Il misero pulcin presso alla chioccia,*
» *Che di sua inavvertenza poi si duole,*
» *E in van gli grida e in van dietro gli croccia:*
» *Io non posso seguir un uom che vole,*
» *Chiuso tra monti, a piè d' un' erta roccia.*
» *Stanco ho il destrier, che muta a pena i passi*
» *Nell' aspre vie de' faticosi sassi.*

» *Ma, come quel che men curato avrei*
» *Vedermi trar di mezzo il petto il core,*
» *Lasciai lor via seguir quegli altri miei*
» *Senza mia guida e senza alcun rettore :*
» *Per li scoscesi poggi e manco rei*
» *Presi la via che mi mostrava Amore,*
» *E dove mi parea che quel rapace*
» *Portasse il mio conforto e la mia pace.*

» *Sei giorni me n' andai mattina e sera*
» *Per balze e per pendici orride e strane,*
» *Dove non via, dove sentier non era,*
» *Dove nè segno di vestigie umane;*
» *Poi giunsi in una valle inculta e fiera,*
» *Di ripe cinta e spaventose tane,*
» *Che nel mezzo s' un sasso avea un Castello*
» *Forte e ben posto, a maraviglia bello.*

» Ainsi le milan rapace enlève
» Le malheureux poussin, près de la poule,
» Qui de sa négligence après se repent,
» Et vainement lui crie et l'appelle.
» Je ne puis poursuivre un homme qui vole,
» Dans une enceinte de montagnes, au pied d'une
      roche escarpée.
» J'ai fourbu mon cheval, qui lève à peine les
      jambes,
» Dans les âpres sentiers des rocs montueux.

» Moi qui me serais moins soucié
» De me voir arracher le cœur de la poitrine,
» J'ai laissé les miens poursuivre leur route,
» Sans rester leur guide et sans aucun chef :
» Par les hauteurs accessibles et moins rudes
» J'ai pris la voie que m'indiquait Amour,
» Par où il me semblait que ce ravisseur
» Eût emporté ma joie et mon repos.

» Six jours, j'allai, matin et soir,
» Par des déserts, des précipices affreux et sauvages,
» Où il n'y avait ni chemin ni sentier,
» Ni même trace de pas humains ;
» Puis j'arrivai dans une vallée inculte et farouche,
» Entourée de ravins et d'effrayantes cavernes ;
» Au milieu, sur un rocher, était un Donjon,
» Fort, bien situé et beau à merveille.

» *Da lungi par che come fiamma lustri,*
» *Nè sia di terra cotta nè di marmi.*
» *Come più m' avvicino ai muri illustri,*
» *L' opra più bella e più mirabil parmi.*
» *E seppi poi come i Demoni industri,*
» *Da suffumigi tratti e sacri carmi,*
» *Tutto d' acciaio avean cintò il bel loco,*
» *Temprato all' onda ed allo Stigio foco.*

» *Di sì forbito acciar luce ogni torre,*
» *Che non vi può nè ruggine nè macchia.*
» *Tutto il paese giorno e notte scorre,*
» *E poi là dentro il rio ladrons' immacchia.*
» *Cosa non ha ripar che voglia torre :*
» *Sol dietro in van se li bestemmia e gracchia,*
» *Quivi la Donna, anzi il mio cor mi tiene,*
» *Che di mai ricovrar lascio ogni spene.*

» *Ahi lasso! che poss' io più che mirare*
» *La Rocca lungi, ove il mio ben m' è chiuso?*
» *Come la volpe, che 'l figlio gridare*
» *Nel nido oda dell' aquila di giuso :*
» *S' aggira intorno e non sa che si fare,*
» *Poi che l' ali non ha da gir là suso.*
» *Erto è quel sasso sì, tale è il Castello,*
» *Che non vi può salir chi non è augello.*

» De loin il semble que comme la flamme il brille
» Et qu'il n'est fait ni de brique ni de marbre.
» Plus je m'approche des murs étincelants,
» Plus l'édifice me paraît beau et admirable.
» J'ai su depuis comment d'habiles Démons,
» Contraints par des enchantements et des for-
    mules magiques,
» Avaient complètement entouré ce château,
» D'acier trempé dans l'eau et le feu du Styx.

» Chaque tour reluit de cet acier fourbi
» Sur qui n'a prise ni rouille ni tache.
» Tout le pays, nuit et jour, parcourt
» L'affreux brigand, puis là-dedans se blottit.
» Nul ne peut défendre ce qu'il veut enlever ;
» Seuls, montent à lui blasphèmes et plaintes
    vaines.
» Là il détient ma Dame, mon cœur avec elle,
» Et de les recouvrer j'ai quitté tout espoir.

» Ah ! malheureux ! que puis-je plus que regarder,
» De loin, ce Donjon où mon bien m'est dérobé ?
» Comme le renard qui d'en bas écoute
» Son petit crier dans le nid de l'aigle :
» Il tourne tout autour et ne sait que faire,
» N'ayant pas d'aile pour aller là-haut.
» Le roc est si escarpé, le Château de même,
» Que l'on n'y peut parvenir à moins d'être oiseau.

» *Mentre io tardava quivi, ecco venire*
» *Duo Cavalier ch' avean per guida un Nano,*
» *Che la speranza aggiunsero al desire;*
» *Ma ben fu la speranza e il desir vano.*
» *Ambi erano guerrier di sommo ardire :*
» *Era Gradasso l' un, Re Sericano,*
» *Era l' altro Ruggier, Giovane forte,*
» *Pregiato assai nell' Africana corte.*

» *— Vengon (mi disse il Nano), per far pruova*
» *Di lor virtù, col Sir di quel Castello,*
» *Che per via strana, inusita e nuova*
» *Cavalca armato il quadrupede augello.*
» *— Deh! Signor (dissi io lor), pietà vi muova*
» *Del duro caso mio spietato e fello!*
» *Quando, come ho speranza, voi vinciate,*
» *Vi prego la mia Donna mi rendiate.*

» *E come mi fu tolta lor narrai,*
» *Con lacrime affermando il dolor mio.*
» *Quei, lor mercè, mi proferiro assai,*
» *E giù calaro il poggio alpestre e rio.*
» *Di lontan la battaglia io riguardai,*
» *Pregando per la lor vittoria Dio.*
» *Era sotto il Castel tanto di piano,*
» *Quanto in due volte si può trar con mano.*

» Tandis que j'étais là, immobile, voici venir
» Deux Chevaliers, ayant pour guide un Nain,
» Qui donnent à mon désir une lueur d'espoir ;
» Mais désir, espoir, tout fut vain.
» De ces deux guerriers, d'une rare audace,
» L'un était Gradasse, Roi de Séricane,
» Et l'autre Roger, hardi jouvenceau
» En grande estime à la cour Africaine.

» — Ils viennent (me dit le Nain), pour faire
    preuve
» De leur valeur, contre le Sire de ce Château,
» Qui par une route étrange, inusitée et nouvelle
» Chevauche tout armé l'oiseau quadrupède.
» — Ah ! Seigneurs (leur dis-je), ayez pitié
» De ma déplorable et cruelle aventure !
» Si, comme je l'espère, vous êtes vainqueurs,
» Je vous en supplie, rendez-moi ma Dame.

» Et je leur racontai comment elle me fut ravie,
» Témoignant, par des larmes, de ma douleur.
» Ceux-ci, bénis soient-ils, me firent mille pro-
    messes,
» Puis dévalèrent l'âpre et farouche montagne.
» De loin je regardai la bataille,
» Demandant à Dieu leur victoire.
» Il y avait au bas du Château autant de plaine
» Qu'en deux jets de pierre on en peut atteindre.

» *Poi che fur giunti a piè dell' alta rocca,*
» *L' uno e l' altro volea combatter prima :*
» *Pur a Gradasso, o fosse sorte, tocca,*
» *O pur che non ne fe' Ruggier più stima.*
» *Quel Serican si pone il corno a bocca;*
» *Rimbomba il sasso e la Fortezza in cima.*
» *Ecco apparire il Cavaliero armato*
» *Fuor della porta, e sul cavallo alato.*

» *Cominciò a poco a poco indi a levarse,*
» *Come suol far la peregrina grue,*
» *Che corre prima e poi vediamo alzarse*
» *Alla terra vicina un braccio o due;*
» *E quando tutte sono all' aria sparse,*
» *Velocissime mostra l' ale sue.*
» *Sì ad alto il Negromante batte l' ale,*
» *Ch' a tanta altezza appena aquila sale.*

» *Quando gli parve poi, volse il destriero,*
» *Che chiuse i vanni e venne a terra a piombo,*
» *Come casca dal ciel falcon maniero*
» *Che levar veggia l' anitra o il colombo.*
» *Con la lancia arrestata il Cavaliero*
» *L' aria fendendo vien d' orribil rombo.*
» *Gradasso a pena del calar s' avvede,*
» *Che se lo sente addosso e che lo fiede.*

» Lors qu'ils furent au bas de la haute roche,
» L'un et l'autre voulait combattre le premier :
» Ce rôle échut à Gradasse, soit par le sort,
» Soit que Roger n'y mît plus d'insistance.
» Le Sérican embouche son cor :
» En résonnent le roc et la haute Citadelle.
» Voici qu'apparaît le Chevalier couvert de fer
» Hors de la porte, sur le cheval ailé.

» Il commence, petit à petit, à s'enlever,
» Ainsi que fait la grue voyageuse
» Que nous voyons courir d'abord, puis voler
» Une brasse ou deux au-dessus du sol.
» Quand elles sont toutes déployées en l'air,
» Il montre combien ses ailes sont rapides.
» Si haut plane le Nécromant,
» Que l'aigle à peine y pourrait monter.

» Lors qu'il fut temps, il fit volter son cheval,
» Qui replia ses ailes et fondit d'aplomb sur la
        terre,
» Comme fond du ciel le faucon dressé
» Qui voit lever la perdrix ou le pigeon.
» La lance en arrêt, le Cavalier
» Tombe, fendant les airs, avec un bruit horrible.
» Gradasse à peine s'est douté de la chose
» Qu'il l'entend sur lui et se sent frappé.

» *Sopra Gradasso il Mago l' asta roppe;*
» *Ferì Gradasso il vento e l' aria vana :*
» *Per questo il volator non interroppe*
» *Il batter l' ale; e quindi s' allontana.*
» *Il grave scontro fa chinar le groppe*
» *Sul verde prato alla gagliarda Alfana.*
» *Gradasso avea una Alfana, la più bella*
» *E la miglior che mai portasse sella.*

» *Sin alle stelle il volator trascorse,*
» *Indi girossi e tornò in fretta al basso,*
» *E percosse Ruggier che non s' accorse,*
» *Ruggier che tutto intento era a Gradasso.*
» *Ruggier del grave colpo si distorse*
» *E 'l suo destrier più rinculò d' un passo;*
» *E quando si voltò per lui ferire,*
» *Da se lontano il vide al ciel salire.*

» *Or su Gradasso, or su Ruggier percote*
» *Nella fronte, nel petto e nella schiena;*
» *E le botte di quei lascia ognor vote,*
» *Perch' è sì presto che si vede appena;*
» *Girando va con spaziose rote,*
» *E quando all' uno accenna, all' altro mena :*
» *All' uno e all' altro sì gli occhi abbarbaglia,*
» *Che non ponno veder donde gli assaglia.*

» Sur Gradasse le Magicien rompt sa lance,
» Gradasse frappe le vent et le vide;
» Cependant le quadrupède ailé ne cesse
» De battre des ailes, et s'éloigne un peu.
» Le rude choc a fait plier la croupe
» Sur le pré vert à la valeureuse Alfane :
» Gradasse avait une Alfane, la plus belle
» Et la meilleure qui jamais portât la selle.

» Jusqu'aux étoiles s'enlève le Cavalier volant,
» Puis se retourne et se lance vite en bas;
» Il frappe Roger, qui ne s'y attend point,
» Roger qui ne s'occupait que de Gradasse.
» Roger, sous ce coup terrible, chancelle,
» Et son coursier recule plus d'un pas.
» Quand il se retourne pour rendre la botte,
» Bien loin il le voit planer dans le ciel.

» Tantôt il frappe Gradasse, tantôt Roger,
» A la tête, à la poitrine, dans les reins,
» Leurs coups, à eux, vont toujours dans le vide,
» Car il est si leste qu'à peine le voit-on.
» Il vole en tournant, décrivant de grands cercles,
» Et s'il menace l'un, frappe l'autre.
» A l'un et à l'autre il éblouit si bien les yeux
» Qu'ils ne peuvent voir par où il les attaque.

» *Fra duo guerrieri in terra ed uno in cielo*
» *La battaglia durò sin a quella ora*
» *Che spiegando pel mondo oscuro velo*
» *Tutte le belle cose discolora.*
» *Fu quel ch' io dico, e non v' aggiungo un pelo:*
» *Io 'l vidi, io 'l so; nè m' assicuro ancora*
» *Di dirlo altrui, chè questa maraviglia*
» *Al falso più ch' al ver si rassimiglia.*

» *D' un bel drappo di seta avea coperto*
» *Lo scudo in braccio il Cavalier celeste.*
» *Come avesse non so tanto sofferto*
» *Di tenerlo nascosto in quella veste;*
» *Ch' immantinente che lo mostra aperto,*
» *Forza è chi 'l mira abbarbagliato reste,*
» *E cada come corpo morto cade,*
» *E venga al Negromante in potestade.*

» *Splende lo scudo a guisa di piropo,*
» *E luce altra non è tanto lucente.*
» *Cadere in terra allo splendor fu d' uopo*
» *Con gli occhi abbacinati e senza mente.*
» *Perdei da lungi anch' io li sensi, e dopo*
» *Gran spazio mi riebbi finalmente;*
» *Nè più i guerrier nè più vidi quel Nano,*
» *Ma voto il campo, e scuro il monte e il piano.*

Entre les deux guerriers à terre et l'autre dans
  l'air
La bataille se prolongea, jusqu'à cette heure
Qui, déployant sur le monde un voile obscur,
Décolore toutes les belles choses.
Il en fut comme je dis, je n'y ajoute pas un fétu,
Je l'ai vu, j'en suis sûr, et pourtant je n'ose
Le raconter, car ce prodige
Ressemble plus au faux qu'au vrai.

D'un beau drap de soie portait recouvert
Au bras son écu, le Cavalier céleste.
Je ne sais pourquoi il avait tant enduré
De le tenir caché sous ce voile,
Car aussitôt qu'il le montre à nu
Force est à qui le regarde d'être ébloui :
Il tombe comme tombe un corps mort
Et reste au pouvoir du Nécromant.

L'écu resplendit comme une escarboucle,
Et nulle autre lumière n'est si brillante.
A son éclat, il leur fallut tomber par terre,
Les yeux aveuglés, sans connaissance.
Quoique fort loin, je perdis aussi le sentiment,
Et quand je revins à moi, longtemps après,
Je ne vis plus ni les guerriers, ni le Nain ;
Le champ était vide, le mont et la plaine tout
  noirs.

» *Pensai per questo che l' Incantatore*
» *Avesse amendui colti a un tratto insieme;*
» *E tolto per virtù dello splendore*
» *La libertade a loro e a me la speme.*
» *Così a quel loco che chiudea il mio core*
» *Dissi, partendo, le parole estreme.*
» *Or giudicate s' altra pena ria*
» *Che causi Amor, può pareggiar la mia.* »

Ritornò il Cavalier nel primo duolo,
Fatta che n' ebbe la cagion palese.
Questo era il Conte Pinabel, figliuolo
D' Anselmo d' Altaripa, Maganzese,
Che tra sua gente scelerata, solo
Leale esser non volse nè cortese,
Ma nelli vizi abominandi e brutti
Non pur gli altri adeguò, ma passò tutti.

La bella Donna con diverso aspetto
Stette ascoltando il Maganzese cheta;
Che come prima di Ruggier fu detto,
Nel viso si mostrò più che mai lieta:
Ma quando sentì poi ch' era in distretto,
Turbossi tutta d' amorosa pieta;
Nè per una o due volte contentosse
Che ritornato a replicar le fosse.

» Je pensai alors que l'Enchanteur
» Les avait pris d'un coup de filet, tous les deux,
» Et leur avait enlevé, par la puissance de l'écu
    rayonnant,
» A eux la liberté, à moi l'espérance.
» Ainsi à ce donjon qui renfermait mon cœur
» Je dis, en partant, les derniers adieux.
» Maintenant jugez si quelque peine cruelle
» Que cause Amour, peut égaler la mienne. »

Le Chevalier retomba dans son premier chagrin,
Dès qu'il en eut fait connaître la cause.
C'était le Comte Pinabel, fils
D'Anselme de Hauterive, Mayençais.
Parmi sa race scélérate, il ne voulut
Être seul loyal et courtois,
Aussi, en vices abominables et grossiers
Égala-t-il les autres, les surpassa même.

La belle Dame, en changeant de physionomie,
Se tint silencieuse à écouter le Mayençais.
Dès qu'il fut question de Roger,
Son visage montra d'abord une grande joie ;
Puis quand elle sut qu'il était à l'étroit,
Se troubla toute d'amoureuse compassion,
Et pour une fois ou deux ne fut satisfaite
Qu'elle ne se fît encore répéter le récit.

E poi ch' al fin le parve esserne chiara,
Gli disse : — « Cavalier, datti riposo ;
» Chè ben può la mia giunta esserti cara,
» Parerti questo giorno avventuroso.
» Andiam pur tosto a quella stanza avara,
» Che sì ricco tesor ci tiene ascoso ;
» Nè spesa sarà in van questa fatica,
» Se Fortuna non m' è troppo nemica. »

Rispose il Cavalier : — « Tu vuoi ch' io passi
» Di nuovo i monti, e mostriti la via?
» A me molto non è perdere i passi,
» Perduta avendo ogni altra cosa mia :
» Ma tu per balze e ruinosi sassi
» Cerchi entrare in prigione ; e così sia.
» Non hai di che dolerti di me poi ;
» Ch' io te 'l predico, e tu pur gir vi vuoi. »

Così dice egli ; e torna al suo destriero,
E di quella animosa si fa guida,
Che si mette a periglio per Ruggiero,
Che la pigli quel Mago o che la ancida.
In questo, ecco alle spalle il messaggiero,
Che : « Aspetta, aspetta, » a tutta voce grida,
Il messaggier da chi il Circasso intese
Che costei fu ch' all' erba lo distese.

Enfin, lorsqu'il lui sembla être bien éclairée,
Elle lui dit : — « Chevalier, sois tranquille;
» Ma rencontre pourra bien t'être favorable,
» Et ce jour te compter comme un jour de bon-
        heur.
» Rendons-nous vite à cet avare donjon
» Qui renferme un si riche trésor.
» Nous n'aurons pas en vain dépensé notre peine,
» Si la Fortune ne m'est pas trop hostile. »

Le Chevalier reprit : — « Veux-tu que je fran-
      chisse
» De nouveau les monts et t'indique la route?
» Ce n'est rien pour moi de perdre mes pas,
» J'ai perdu encore bien autre chose aimée;
» Mais toi, par ces précipices, ces rocs branlants,
» Tu cherches une prison; c'est ce qui arrivera.
» Ne vas pas ensuite te plaindre de moi;
» Je t'ai avertie, et tu veux aller quand même. »

Ainsi parle-t-il, puis se dirige vers son cheval,
Et se fait le guide de cette intrépide
Qui se met, pour Roger, en péril
D'être prise ou tuée par le Magicien.
Sur ce, voici derrière eux le courrier
Qui crie : « Arrête! arrête! » à pleine gorge,
Le courrier de qui le Circassien apprit
Quelle était celle qui l'avait couché sur l'herbe.

9.

A. Bradamante il messaggier novella
Di Mompolier e di Narbona porta,
Ch' alzato li stendardi di Castella
Avean, con tutto il lito d' Acquamorta;
E che Marsiglia, non v' essendo quella
Che la dovea guardar, mal si conforta,
E consiglio e soccorso le domanda
Per questo messo, e se le raccomanda.

Questa cittade, e intorno a molte miglia
Ciò che fra Varo e Rodano al mar siede,
Avea l' Imperator dato alla figlia
Del Duca Amon, in ch' avea speme e fede;
Però che 'l suo valor con meraviglia
Riguardar suol, quando armeggiar la vede.
Or, com' io dico, a domandar aiuto
Quel messo da Marsiglia era venuto.

Tra sì e no la Giovane suspesa,
Di voler ritornar dubita un poco:
Quinci l' onore e il debito le pesa,
Quindi l' incalza l' amoroso foco.
Fermasi al fin di seguitar l' impresa,
E trar Ruggier dell' incantato loco;
E quando sua virtù non possa tanto,
Almen restargli prigioniera accanto.

A Bradamante ce messager apporte
Nouvelles de Montpellier et de Narbonne,
Qui avaient arboré les étendards de Castille,
Ainsi que tout le rivage d'Aiguesmortes.
Marseille, n'ayant plus la guerrière
Qui devait la défendre, est mal à son aise;
La ville lui demande conseil et assistance
Par ce courrier, et se recommande à elle.

Cette cité et tout autour, à plusieurs milles,
Le pays situé entre le Var, le Rhône et la mer,
L'Empereur les avait confiés à la fille
Du Duc Aymon, en qui il plaçait espoir et con-
        fiance,
Et dont il contemplait avec ravissement
Le courage, quand il la voyait combattre.
Or, comme je l'ai dit, pour demander secours
Cet envoyé était venu de Marseille.

Entre le oui et le non la jeune fille incertaine
Hésite un moment à retourner en arrière :
Là l'honneur et le devoir commandent,
Ici la pousse l'amoureuse flamme.
Elle décide enfin de poursuivre l'entreprise
Et de tirer Roger du donjon enchanté :
Ou, si sa vaillance ne peut en venir à bout,
De rester du moins captive avec lui.

E fece iscusa tal, che quel messaggio
Parve contento rimanere e cheto.
Indi girò la briglia al suo viaggio,
Con Pinabel, che non ne parve lieto;
Chè seppe esser costei di quel lignaggio
Che tanto ha in odio, in pubblico e in secreto,
E già s' avvisa le future angosce,
Se lui per Maganzese ella conosce.

Tra casa di Maganza e di Chiarmonte
Era odio antico e inimicizia intensa;
E più volte s' avean rotta la fronte,
E sparso di lor sangue copia immensa.
E però nel suo cor l' iniquo Conte
Tradir l' incauta Giovane sì pensa,
O, come prima commodo gli accada,
Lasciarla sola, e trovar altra strada.

E tanto gli occupò la fantasia
Il nativo odio, il dubbio e la paura,
Ch' inavvedutamente uscì di via,
E ritrovossi in una selva oscura,
Che nel mezzo avea un monte che finia
La nuda cima in una pietra dura.
E la figlia del Duca di Dordona
Gli è sempre dietro, e mai non l' abbandonna.

Elle s'excuse si bien que le messager
Semble être content et ne réplique rien.
Puis elle tourne bride et poursuit sa route,
Avec Pinabel, qui n'en paraît pas plus gai;
Il sait maintenant qu'elle est de ce lignage
Qu'il hait tant, tout haut comme en secret,
Et il prévoit pour lui les transes à venir
Si elle apprend qu'il est un Mayençais.

Entre la maison de Mayence et celle de Clairemont
Régnaient antique haine, hostilité sans trêve;
Plus d'une fois leurs gens s'étaient cassé la tête
Et avaient répandu leur sang à flots.
C'est pourquoi, dans son cœur, le perfide Comte
Pense à trahir l'imprudente jouvencelle,
Ou, s'il en trouve une bonne occasion,
La laisser seule et chercher une autre route.

Et tant lui troublaient l'imagination
Cette haine invétérée, l'inquiétude et la peur,
Que sans le vouloir il perdit le droit chemin
Et se trouva dans une obscure forêt,
Au centre de laquelle était une montagne
Couronnée au sommet d'un rocher nu.
La fille du Duc de Dordogne
Est toujours derrière lui et ne le quitte pas.

Come si vide il Maganzese al bosco,
Pensò torsi la Donna dalle spale.
Disse : « Prima ch 'l ciel torni più fosco,
» Verso uno albergo è meglio farsi il calle.
» Oltra quel monte (s' io lo riconosco)
» Siede un ricco castel, giù nella valle.
» Tu qui m' aspetta; chè dal nudo scoglio
» Certificar con gli occhi me ne voglio. »

Così dicendo, alla cima superna
Del solitario monte il destrier caccia,
Mirando pur s' alcuna via discerna,
Come lei possa tor dalla sua traccia.
Ecco nel sasso trova una caverna
Che si profonda più di trenta braccia.
Tagliato a picchi ed a scarpelli il sasso
Scende giù al dritto, ed ha una porta al basso.

Nel fondo avea una porta ampla e capace,
Ch' in maggior stanza largo adito dava;
E fuor n' uscia splendor come di face
Ch' ardesse in mezzo alla montana cava.
Mentre quivi il fellon suspeso tace,
La Donna che da lungi il seguitava,
(Perchè perderne l' orme si temea)
Alla spelonca gli sopraggiungea.

Lors que le Mayençais se vit dans le bois,
Il résolut de se débarrasser de la Dame
Et dit : « Avant que le ciel ne soit plus sombre,
» Vers un logis il vaut mieux faire route.
» Derrière cette montagne, si je la reconnais,
» Est un riche château, en bas, dans la vallée.
» Attends-moi là ; du haut de ce rocher
» Je veux m'en assurer de mes yeux. »

En parlant ainsi, vers le sommet
Du mont solitaire il pousse son cheval,
Et regarde s'il ne voit pas quelque sentier
Propre à dérober ses traces à Bradamante.
Dans le rocher, il découvre une caverne
Qui se trouve au fond à plus de trente brasses.
Le roc, taillé au pic et au ciseau,
Descend tout droit, avec une porte en bas.

Au fond, il y avait une grande et large porte
Donnant facile accès dans une vaste salle
D'où s'échappait une lumière, comme d'une torche
Qui eût brûlé au milieu de la montagne creuse.
Tandis que le félon réfléchit en silence,
La Dame, qui l'avait suivi de loin,
Dans la crainte de perdre ses traces,
Le rejoignit près de cette caverne.

Poi che si vide il traditore uscire
Quel ch' avea prima disegnato, in vano,
O da sè torla o di farla morire,
Nuovo argomento immaginossi e strano.
Le si fe' incontra, e su la fe' salire
Là dove il monte era forato e vano;
E le disse ch' avea visto nel fondo
Una Donzella di viso giocondo,

Ch' a' bei sembianti ed alla ricca vesta
Esser parea di non ignobil grado;
Ma quanto più potea turbata e mesta,
Mostrava esservi chiusa suo mal grado:
E per saper la condizion di questa,
Ch' avea già cominciato a entrar nel guado;
E che era uscito dell' interna grotta
Un che dentro a furor l' avea ridotta.

Bradamante, che come era animosa,
Così mal cauta, a Pinabel diè fede;
E d' aiutar la Donna disiosa,
Si pensa come por colà giù il piede.
Ecco d' un olmo alla cima frondosa
Volgendo gli occhi, un lungo ramo vede;
E con la spada quel subito tronca,
E lo declina giù nella spelonca.

Le traître, voyant mal réussir
Ce qu'il avait d'abord comploté,
De l'éloigner de lui ou de la faire mourir,
Combina un nouveau et bizarre stratagème.
Il va au-devant d'elle, la fait grimper
Où le roc était taillé, d'accès facile,
Et lui dit qu'il avait aperçu dans le fond
Une Damoiselle d'agréable figure,

Qui, à ses airs nobles et à ses riches habits
Ne semblait pas être de basse extraction ;
Mais extrêmement troublée et triste,
Elle montrait être là renfermée malgré elle.
Pour savoir quelle était sa situation,
Il avait voulu pénétrer dans le ravin,
Et, du fond de la caverne était sorti
Un homme qui l'avait repoussé de force.

Bradamante, aussi intrépide
Que mal sur ses gardes, crut Pinabel,
Et, désireuse de porter secours à la Dame,
S'ingénia comment faire pour descendre là.
D'un orme à la cime feuillue
En levant les yeux, elle voit une grosse branche
L'abat aussitôt d'un coup d'épée
Et le penche jusque dans la caverne.

10

Dove è tagliato, in man lo raccomanda
A Pinabello, e poscia a quel s' apprende :
Prima giù i piedi nella tana manda,
E su le braccia tutta si suspende.
Sorride Pinabello, e le domanda
Come ella salti; e le man apre e stende,
Dicendole : « Qui fosser teco insieme
» Tutti li tuoi, ch' io ne spegnessi il seme. »

Non come volse Pinabello avvenne
Dell' innocente Giovane la sorte;
Perchè, giù diroccando, a ferir venne
Prima nel fondo il ramo saldo e forte :
Ben si spezzò, ma tanto la sostenne
Che 'l suo favor la liberò da morte.
Giacque stordita la Donzella alquanto,
Come io vi seguirò nell' altro Canto.

Le bout qu'elle a coupé, elle le met dans la main
De Pinabel, puis se suspend à la branche.
Ses pieds déjà touchent à l'ouverture
Et elle est toute suspendue par les bras.
Pinabel sourit et lui demande
Si elle saute bien, puis ouvre les mains et lâche,
En s'écriant : « Fussiez-vous ici tous ensemble,
» Toi et les tiens, que j'en éteignisse la race ! »

Il n'en advint pas comme l'eût voulu Pinabel
A la trop confiante Jouvencelle ;
En dégringolant, toucha d'abord
Au fond, la branche solide et forte :
Elle s'y brisa, mais soutint Bradamante
Si bien qu'elle la préserva de la mort.
La Damoiselle resta quelque temps étourdie
Comme je vous dirai dans l'autre Chant.

ROLAND FURIEUX

CHANT TROISIÈME

SOMMAIRE

.8 Bradamante pénètre dans la grotte; — Elle y rencontre
une Magicienne; — Merlin et son tombeau prophétique;
— Prédictions de l'Enchanteur; — La Magicienne fait
paraître devant Bradamante les Ombres de ses descendants; — Elle lui déroule toute l'histoire de la maison
d'Este, puis lui apprend la captivité de Roger; — Pour
le délivrer, il faut que Bradamante prenne à Brunel un
anneau magique; — Rencontre de Bradamante et de
Brunel.

                                                    10.

CÁNTO TERZO

~~~~

Chi mi darà la voce e le parole
Convenienti a sì nobil suggetto?
Chi l' ale al verso presterà, che vole
Tanto ch' arrivi all' alto mio concetto?
Molto maggior di quel furor, che suole,
Ben or convien che mi riscaldi il petto:
Chè questa parte al mio Signor si debbe,
Che canta gli Avi onde l' origine ebbe.

Di cui fra tutti li Signori illustri,
Dal Ciel sortiti a governar la terra,
Non vedi, o Febo che 'l gran mondo lustri,
Più gloriosa stirpe, o in pace o in guerra;
Nè che sua nobiltade abbia più lustri
Servata, e serverà (s' in me non erra
Quel profetico lume che m' inspiri)
Finchè d' intorno al Polo il Ciel s' aggiri.

CHANT TROISIÈME

Qui me donnera le ton et les paroles
Proportionnés à si noble sujet?
Qui prêtera des ailes au vers, pour qu'il vole
Et atteigne à la hauteur de ma pensée?
Bien au delà du transport ordinaire
Maintenant il faut que je m'échauffe :
Ce Chant appartient à mon Seigneur,
J'y célèbre les Aïeux dont il tire l'origine.

Entre tous les illustres Princes,
Choisis du Ciel pour gouverner la terre,
Tu ne vois, ô Phébus qui illumines le monde im-
            mense,
De race plus glorieuse, en paix comme en guerre,
Ni qui ait plus longtemps gardé sa noblesse
Intacte; elle la gardera (si ne m'abuse
Cette prophétique lumière qui m'inspire)
Tant qu'autour du Pôle tournera le Ciel.

E volendone a pien dicer gli onori,
Bisogna non la mia, ma quella cetra
Con che tu dopo i Gigantei furori
Rendesti grazia al Regnator dell' Etra.
S' instrumenti avrò mai da te migliori,
Atti a sculpire in così degna pietra,
In queste belle imagini disegno
Porre ogni mia fatica, ogni mio ingegno.

Levando intanto queste prime rudi
Scaglie n' andrò collo scarpello inetto :
Forse ch' ancor con più solerti studi
Poi ridurrò questo lavor perfetto.
Ma ritorniamo a quello, a cui nè scudi
Potran, nè usberghi assicurare il petto;
Parlo di Pinabello di Maganza,
Che d' uccider la Donna ebbe speranza.

Il traditor pensò che la Donzella
Fosse nell' alto precipizio morta,
E con pallida faccia lasciò quella
Trista e per lui contaminata porta,
E tornò presto a rimontar in sella,
E, come quel ch' avea l' anima torta,
Per giunger colpa a colpa e fallo a fallo,
Di Bradamante ne menò il cavallo.

Pour en célébrer dignement les splendeurs
Il me faut non ma lyre, mais celle
Qui te servit, après la lutte furieuse des Géants,
A rendre graces au Souverain de l'Éther.
Si jamais j'obtiens de toi de meilleurs outils,
Propres à graver sur un marbre assez beau,
Je veux dans ces nobles figures
Mettre tout mon travail, tout mon talent.

Détachons cependant les premiers et rudes éclats
Sous mon inhabile ciseau :
Peut-être qu'avec plus d'industrieuse étude
Je rendrai ensuite mon œuvre parfaite.
Mais retournons à celui dont ni boucliers
Ni hauberts ne pourraient garantir la poitrine;
Je parle de ce Pinabel de Mayence
Qui de tuer la Dame avait eu l'intention.

Le traître pensa que la Damoiselle
Était morte au fond du précipice,
Et, le visage pâle, quitta
Cet antre néfaste, par lui souillé.
Il s'en alla vite remonter en selle
Et, comme qui a l'âme scélérate,
Pour entasser faute sur faute, crime sur crime,
De Bradamante il emmena le cheval.

Lasciam costui, che mentre all' altrui vita
Ordisce inganno, il suo morir procura;
E torniamo alla Donna che tradita,
Quasi ebbe a un tempo e morte e sepoltura.
Poi ch' ella si levò tutta stordita,
Ch' avea percosso in su la pietra dura,
Dentro la porta andò, ch' adito dava
Nella seconda assai più larga cava.

La stanza, quadra e spazioza, pare
Una devota e venerabil chiesa,
Che su colonne alabastrine e rare
Con bella architettura era sospesa.
Surgea nel mezzo un bel locato altare,
Ch' avea dinanzi una lampada accesa;
E quella di splendente e chiaro foco
Rendea gran lume all' uno e all' altro loco.

Di devota umiltà la Donna tocca,
Come si vede in loco sacro e pio,
Incominciò col core e con la bocca,
Inginocchiata a mandar prieghi a Dio.
Un picciol' uscio in tanto stride e crocca,
Ch' era all' incontro, onde una Donna uscio
Discinta e scalza, e sciolte avea le chiome,
Che la Donzella salutò per nome.

Laissons-le : pendant qu'à la vie d'autrui
Il tend des embûches, il trame sa perte;
Et retournons à la Dame qui, par trahison,
Faillit trouver d'un coup mort et sépulture.
Après qu'elle se fut relevée toute étourdie
D'avoir donné rudement sur la pierre dure,
Elle franchit la porte qui donnait accès
Dans la seconde et plus large grotte.

La salle, carrée et spacieuse, semble
Une dévote et vénérable église;
Sur des colonnes d'albâtre, d'un rare travail,
Se suspendait sa belle architecture.
Au milieu s'élevait, très-bien placé, un autel
Ayant par devant une lampe allumée
Qui de sa flamme brillante et claire
Faisait resplendir l'une et l'autre salle.

De pieuse humilité touchée, la Dame,
Se voyant en ce lieu saint et sacré,
S'agenouilla, et, du cœur et des lèvres,
Se mit à faire à Dieu ses prières.
Sur ce, une petite porte grince et craque
Tout auprès d'elle, et en sort une Dame,
Sans ceinture, pieds nus, les cheveux dénoués,
Qui salua par son nom la Damoiselle,

E disse : « *O generosa Bradamante,*
» *Non giunta qui senza voler divino,*
» *Di te più giorni m' ha predetto innante*
» *Il profetico spirto di Merlino,*
» *Che visitar le sue reliquie sante*
» *Dovevi per insolito cammino.*
» *E qui son stata, acciò ch' io ti riveli*
» *Quel c' han di te già statuito i Cieli.*

» *Questa è l' antiqua e memorabil grotta*
» *Ch' edificò Merlino, il savio Mago,*
» *Che forse ricordare odi talotta*
» *Dove ingannollo la Donna del Lago.*
» *Il sepolcro è qui giù, dove corrotta*
» *Giace la carne sua, dove egli vago*
» *Di sodisfare a lei che gli 'l suase,*
» *Vivo corcossi, e morto ci rimase.*

» *Col corpo morto il vivo spirto alberga*
» *Sin ch' oda il suon dell' Angelica tromba*
» *Che dal ciel lo bandisca o che ve l' erga,*
» *Secondo che sarà corvo o colomba.*
» *Vive la voce, e come chiara emerga*
» *Udir potrai dalla marmorea tomba:*
» *Chè le passate e le future cose,*
» *A chi gli domandò, sempre rispose.*

Et dit : « O généreuse Bradamante,
» Tu n'es pas arrivée ici sans la volonté divine;
» Dès longtemps m'a prédit de toi
» Le prophétique esprit de Merlin,
» Qu'à visiter ses saintes reliques
» Tu devais venir par un étrange chemin.
» J'y suis restée pour te révéler
» Ce que les Cieux ont déjà décidé de toi.

» Voici l'antique et mémorable grotte
» Que construisit Merlin, le savant Magicien,
» Et, tu l'as sans doute ouï maintes fois rappeler,
» Où le trompa la Dame du Lac.
» Le sépulcre est au fond; son cadavre
» Y repose; c'est là que, désireux
» De complaire à celle qui le lui demandait,
» Il se coucha vivant et resta mort.

» Avec le corps mort l'esprit vivant demeure
» Jusqu'à ce qu'il entende la trompette de l'Ange
» Le bannir du ciel ou l'y appeler,
» Selon qu'il sera corbeau ou colombe.
» Sa voix vit toujours, et comme elle sort claire
» Du tombeau de marbre, tu pourras l'entendre.
» Les choses passées et les choses futures
» A qui les lui demanda, toujours elle a répondu.

11

» *Più giorni son ch' in questo cimiterio*
» *Venni di remotissimo paese,*
» *Perchè circa il mio studio alto misterio*
» *Mi facesse Merlin meglio palese;*
» *E perchè ebbi vederti desiderio,*
» *Poi ci son stata oltre il disegno un mese;*
» *Chè Merlin, che 'l ver sempre mi predisse,*
» *Termine al venir tuo questo dì fisse.* »

Stassi d'Amon la sbigottita figlia
Tacita e fissa al ragionar di questa;
Ed ha sì pieno il cor di maraviglia,
Che non sa s' ella dorme o s' ella è desta;
E con rimesse e vergognose ciglia
(Come quella che tutta era modesta)
Rispose : « Di che merito son io,
» *Ch' antiveggian profeti il venir mio?* »

E lieta dell' insolita avventura,
Dietro alla Maga subito fu mossa,
Che la condusse a quella sepoltura
Che chiudea di Merlin l' anima e l' ossa.
Era quell' arca d' una pietra dura,
Lucida e tersa, e come fiamma rossa;
Tal ch' alla stanza, ben che di sol priva
Dava splendore il lume che n' usciva.

» Il y a bien des jours qu'en cet ossuaire

» Je suis venue, de lointain pays,

» Pour que d'un grand secret, touchant mes études,

» Merlin me donnât meilleure connaissance ;

» Et parce que j'avais envie de te voir,

» J'y suis restée après un mois en plus,

» Car Merlin, qui toujours m'a prédit vrai,

» Avait fixé à ce jour le terme de ton arrivée. »

Épouvantée, la fille d'Aymon resta

Muette et immobile, aux paroles de cette femme ;

Et elle a le cœur si rempli d'étonnement,

Qu'elle ne sait si elle dort ou veille.

Les yeux pudiquement baissés

(Car elle était toute modestie)

Elle répondit : « De quel mérite suis-je,

» Pour que les prophètes prévoient ma venue ? »

Et joyeuse d'une aventure si extraordinaire,

Elle se hâta de suivre la Magicienne,

Qui la conduisait à ce sépulcre

Où reposaient l'âme et le corps de Merlin.

La tombe était d'une pierre dure,

Luisante et polie, rouge comme du feu,

Tant que le souterrain, privé de jour,

S'éclairait de la lumière qui en émanait.

O che natura sia d' alcuni marmi
Che muovin l' ombre a guisa di facelle,
O forza pur di suffumigi e carmi
E segni impressi all' osservate stelle,
(Come più questo verisimil parmi)
Discopria lo splendor più cose belle
E di scultura e di color, ch' intorno
Il venerabil luogo aveano adorno.

A pena ha Bradamante dalla soglia
Levato il piè nella secreta cella,
Che 'l vivo spirto della morta spoglia
Con chiarissima voce le favella :
« Favorisca Fortuna ogni tua voglia,
» O casta o nobilissima Donzella!
» Del cui ventre uscirà il seme fecondo,
» Che onorar deve Italia e tutto il mondo.

» L' antiquo sangue che venne da Troia,
» Per li duo miglior rivi in te commisto,
» Produrrà l' ornamento, il fior, la gioia
» D' ogni lignaggio ch' abbia il Sol mai visto
» Tra l' Indo e 'l Tago, e 'l Nilo e la Danoia,
» Tra quanto è 'n mezzo Antartico e Calisto.
» Nella progenie tua con sommi onori
» Saran Marchesi, Duci e Imperatori.

Que ce soit la nature de certains marbres
Qui font tourner l'ombre, comme des flambeaux,
Ou que ce fût à force de sortilèges et de charmes,
De signes tirés de l'observation des étoiles,
(C'est ce qui me paraît le plus vraisemblable),
Cette splendeur rehaussait l'éclat des belles choses
Sculptées et peintes qui tout autour
A ce lieu vénérable servaient d'ornements.

A peine Bradamante eut-elle du seuil
Mis le pied dans le secret sanctuaire,
Que le vivant esprit de la dépouille morte,
D'une voix très-claire lui dit ces paroles :
« Favorise la Fortune tous tes désirs,
» O chaste et noble Damoiselle !
» De ton ventre sortira la race féconde
» Qui doit honorer l'Italie et tout l'univers.

» L'antique sang, issu de Troie,
» Mêlant en toi ses deux meilleurs ruisseaux,
» Produira l'ornement, la fleur, la parure
» De tout lignage que le Soleil ait jamais vu
» De l'Inde au Tage, et du Nil au Danube,
» Du pôle Antarctique à la Grande Ourse.
» Dans ta descendance, avec beaucoup d'éclat,
» Seront des Marquis, des Ducs, des Empereurs.

11.

» *I Capitani e i Cavalier robusti*
» *Quindi usciran, che col ferro e col senno*
» *Ricuperar tutti gli onor vetusti*
» *Dell' arme invitte alla sua Italia denno.*
» *Quindi terran lo scettro i Signor giusti,*
» *Che, come il savio Augusto e Numa fenno,*
» *Sotto il benigno e buon governo loro*
› *Ritorneran la prima Età dell' oro.*

» *Acciò dunque il voler del Ciel si metta*
» *In effetto per te, che di Ruggiero*
› *T' ha per moglier fin da principio eletta,*
» *Segui animosamente il tuo sentiero;*
» *Chè cosa non sarà che s' intrometta*
» *Da poterti turbar questo pensiero,*
» *Sì che non mandi al primo assalto in terra*
» *Quel rio ladron ch' ogni tuo ben ti serra.* »

Tacque Merlino avendo così detto,
Ed agio all' opre della Maga diede,
Ch' a Bradamante dimostrar l' aspetto
Si preparava di ciascun suo erede.
Avea di Spirti un gran numero eletto,
Non so se dall' Inferno o da qual sede,
E tutti quelli in un luogo raccolti
Sotto abiti diversi e vari volti.

» Des Capitaines, des Chevaliers puissants
» En sortiront, dont l'épée et le génie
» Feront recouvrer à leur Italie
» L'antique splendeur de ses armes invaincues.
» Là tiendront le sceptre d'équitables Princes
» Qui, à l'exemple du sage Auguste et de Numa,
» Sous leur bienveillant et doux empire
» Ramèneront le primitif Age d'or.

» Afin donc que la volonté du Ciel s'exécute
» Par toi, qui pour être l'épouse de Roger
» Es de toute éternité choisie,
» Suis courageusement ta route;
» Rien ne viendra se mettre en travers
» Qui puisse t'écarter de ton dessein,
» Et faire qu'au premier choc tu ne jettes par
    terre
» L'affreux brigand qui détient tout ton bien. »

Merlin se tut, ayant ainsi parlé,
Et laissa place à l'œuvre de la Magicienne,
Qui se préparait à faire voir à Bradamante
La physionomie de chacun de ses descendants.
Elle avait évoqué un grand nombre d'Esprits,
De l'Enfer ou de quelque autre part, je ne sais,
Et tous en ce lieu étaient rassemblés
Sous divers costumes et différents visages.

Poi la Donzella a se richiama in chiesa,
Là dove prima avea tirato un cerchio
Che la potea capir tutta distesa,
Ed avea un palmo ancora di superchio :
E perchè dalli Spirti non sia offesa,
Le fa d' un gran pentacolo coperchio;
E le dice che taccia e stia a mirarla :
Poi scioglie il libro, e coi Demoni parla.

Eccovi fuor della prima spelonca,
Che gente intorno al sacro cerchio ingrossa;
Ma come vuole entrar, la via l' è tronca,
Come lo cinga intorno muro e fossa.
In quella stanza, ove la bella conca
In se chiudea del gran Profeta l' ossa,
Entravan l'Ombre, poi ch' avean tre volte
Fatto d' intorno lor debite volte.

« Se i nomi e i gesti di ciascun vo' dirti, »
Dicea l' Incantatrice a Bradamante,
« Di questi ch' or per gl' incantati spirti,
» Prima che nati sien, ci sono avante,
» Non so veder quando abbia da espedirti,
» Che non basta una notte a cose tante :
» Sì ch' io te ne verrò scegliendo alcuno,
» Secondo il tempo, e che sarà opportuno.

Puis elle fait entrer la Damoiselle dans l'église,
Où d'abord elle traça un cercle
Qui la pouvait contenir tout de son long,
Et même avait une palme de plus;
Pour que les Esprits ne la troublent pas,
Elle la couvre d'un grand grimoire,
Et lui dit de se taire et de la regarder :
Puis elle ouvre le livre, et parle aux Démons.

Voici que hors de la première caverne,
La foule épaissit autour du cercle magique;
Mais lorsqu'il veulent y entrer, leur route est
    barrée,
Comme s'il y avait là mur ou fossé.
Dans la salle où le brillant tombeau
Renfermait les os du grand Prophète,
Entraient les Ombres, après avoir trois fois,
Comme elles le devaient, tourné autour.

« Si je voulais t'apprendre les noms et les actes, »
Disait l'Enchanteresse à Bradamante,
« De tous ceux que voici, par enchantements
» Amenés ici avant qu'ils soient nés,
» Je ne sais prévoir quand je te congédierais,
» Car une nuit ne suffirait pas à tout dire :
» Je vais donc en choisir quelques-uns,
» Selon le temps et l'opportunité.

» *Vedi quel primo, che ti rassimiglia*
» *Ne' bei sembianti e nel giocondo aspetto;*
» *Capo in Italia fia di tua famiglia,*
» *Del seme di Ruggiero in te concetto.*
» *Veder del sangue di Pontier vermiglia*
» *Per mano di costui la terra, aspetto,*
» *E vendicato il tradimento e il torto*
» *Contra quei che gli avranno il padre morto.*

» *Per opra di costui sarà deserto*
» *Il Re de' Longobardi Desiderio :*
» *D' Este e di Calaon per questo merto*
» *Il bel dominio avrà dal sommo Imperio.*
» *Quel che gli è dietro è il tuo nipote Uberto,*
» *Onor dell' arme e del paese Esperio :*
» *Per costui contra' Barbari difesa*
» *Più d' una volta fia la santa Chiesa.*

» *Vedi qui Alberto, invitto Capitano*
» *Ch' ornerà di trofei tanti delubri;*
» *Ugo il figlio è con lui, che di Milano*
» *Farà l' acquisto, e spiegherà i Colubri.*
» *Azzo è quell' altro, a cui resterà in mano,*
» *Dopo il fratello, il regno degl' Insubri.*
» *Ecco Albertazzo, il cui savio consiglio*
» *Torrà d' Italia Beringario e il figlio;*

» Regarde ce premier, qui te ressemble,
» De belle prestance et gracieux visage;
» Il sera le chef de ta maison, en Italie,
» Conçu en toi, de la semence de Roger.
» Je vois, sous sa main, la terre
» Toute rouge du sang des Poitiers; je vois
» La trahison et l'insulte vengées
» Sur ceux qui auront fait mourir son père.

» Par son œuvre, sera abandonné
» Le Roi des Lombards, Didier :
» D'Este et de Calaon, par ce haut fait,
» Il obtiendra du grand Empire le beau domaine.
» Celui qui vient après est ton neveu Robert,
» Honneur des armes et du pays Hespérien :
» Par lui contre les Barbares sera défendue
» Plus d'une fois la sainte Église.

» Voici Albert, l'invincible Capitaine
» Qui ornera de trophées tant de sanctuaires.
» Ugo, son fils, est près de lui; de Milan
» Il fera la conquête et arborera les Couleuvres;
» Cet autre est Azzo, à qui restera en main,
» Après son frère, le sceptre des Insubriens.
» Voici Albertazzo, dont le prudent conseil
» Chassera d'Italie Bérenger et son fils;

» *E sarà degno a cui Cesare Ottone*
» *Alda sua figlia in matrimonio aggiunga.*
» *Vedi un altro Ugo : oh bella successione*
» *Che dal patrio valor non si dislunga!*
» *Costui sarà che per giusta cagione*
» *Ai superbi Roman l'orgoglio emunga,*
» *Che 'l Terzo Ottone e il Pontifice tolga*
» *Delle man loro, e 'l grave assedio sciolga.*

» *Vedi Folco, che par ch' al suo germano*
» *Ciò che in Italia avea tutto abbi dato,*
» *E vada a posseder indi lontano*
» *In mezzo agli Alamanni un gran Ducato;*
» *E dia alla casa di Sansogna mano,*
» *Che caduta sarà tutta da un lato;*
» *E per la linea della madre, erede,*
» *Con la progenie sua la terrà in piede.*

» *Questo ch' or a nui viene è il secondo Azzo,*
» *Di cortesia più che di guerre amico,*
» *Tra' dui figli, Bertoldo ed Albertazzo.*
» *Vinto dall' un sarà il Secondo Enrico,*
» *E del sangue Tedesco orribil guazzo*
» *Parma vedrà per tutto il campo aprico :*
» *Dell' altro la Contessa gloriosa,*
» *Saggia e casta Matilde, sarà sposa.*

» Il sera digne que l'Empereur Othon
» Lui donne en mariage sa fille Aude.
» Vois un autre Ugo : la belle succession de Princes,
» Tous suivant de près le mérite paternel !
» C'est lui qui, pour juste cause,
» Aux Romains superbes mouchera l'orgueil,
» Retirera Othon Trois et le Pontife
» D'entre leurs mains, et lèvera l'horrible siège.

» Vois Foulques, qui semble à son frère
» Abandonner tout ce qu'il a en Italie,
» Et s'en va prendre possession, bien loin,
» Au milieu de l'Allemagne, d'un grand Duché ;
» Il prêtera main-forte à la maison de Saxe,
» Qui s'en allait tombant tout d'un côté,
» Et comme héritier, dans la ligne maternelle,
» La remettra sur pied, par sa progéniture.

» Celui qui maintenant vient à nous est Azzo Deux
» Plus ami de la galanterie que de la guerre,
» Entre ses deux fils, Berthold et Albertazzo.
» Par l'un sera vaincu Henri Deux,
» Et de sang Tudesque, sur l'immense plaine,
» Parme verra l'horrible effusion.
» De l'autre la glorieuse Comtesse,
» La sage et chaste Mathilde, sera l'épouse.

» *Virtù il farà di tal connubio degno;*
» *Ch' a quella età non poca laude estimo*
» *Quasi di mezza Italia in dote il regno,*
» *E la nipote aver d'Enrico Primo.*
» *Ecco di quel Bertoldo il caro pegno,*
» *Rinaldo tuo, ch' avrà l' onor opimo*
» *D' aver la Chiesa delle man riscossa*
› *Dell' empio Federico Barbarossa.*

» *Ecco un altro Azzo, ed è quel che Verona*
» *Avrà in poter col suo bel tenitorio;*
» *E sarà detto Marchese d' Ancona*
› *Dal Quarto Ottone e dal Secondo Onorio.*
» *Lungo sarà s' io mostro ogni persona*
» *Del sangue tuo, ch' avrà del Consistorio*
› *Il confalone, e s' io narro ogni impresa*
» *Vinta da lor per la Romana Chiesa.*

» *Obizzo vedi e Folco, altri Azzi, altri Ughi,*
» *Ambi gli Enrichi, il figlio al padre a canto;*
» *Due Guelfi, di quai l' uno Umbria soggiughi,*
› *E vesta di Spoleti il Ducal manto.*
» *Ecco chi 'l sangue e le gran piaghe asciughi*
» *D' Italia afflitta e volga in riso il pianto:*
› *Di costui parlo, » e mostrolle Azzo Quinto,*
« *Onde Ezellin fia rotto, preso, estinto;*

» Sa vertu le rendra digne d'une telle alliance ;
» Car en ce siècle-là je n'estime pas à peu de prix
» D'avoir eu en dot la moitié de l'Italie
» Et la nièce de Henri Premier.
» Voici le cher enfant de ce Berthold,
» Ton Renauld, qui aura l'insigne honneur
» D'arracher l'Église des mains
» De l'impie Frédéric Barberousse.

» Voici un autre Azzo ; celui-là aura Vérone
» En sa possession, avec son beau territoire ;
» Il sera nommé Marquis d'Ancône
» Par Othon Quatre et Honorius Deux.
» Je n'en finirai pas si je veux montrer
» Tous ceux de ta race qui auront du Saint Siège
» Soutenu le drapeau, et narrer toute entreprise
» Menée par eux à bien, pour l'Église Romaine.

» Vois Obizzo et Foulques ; d'autres Azzo, d'autres Ugo,
» Les deux Henri, le fils auprès du père ;
» Deux Guelfe, dont l'un subjugue l'Ombrie
» Et revêt de Spolète le manteau Ducal.
» Voici qui séchera le sang et pansera les plaies
» De la triste Italie et changera en rires les larmes :
» Je parle de celui-ci, » et elle montrait Azzo Cinq,
« Par qui Ezzellino sera défait, pris et tué ;

> *Ezellino, immanissimo tiranno,*
> *Che fia creduto figlio del Demonio,*
> *Farà, troncando i sudditi, tal danno,*
> *E distruggendo il bel paese Ausonio,*
> *Che pietosi appo lui stati saranno*
> *Mario, Silla, Neron, Caio ed Antonio.*
> *E Federico Imperator Secondo*
> *Fia, per questo Azzo, rotto e messo al fondo.*

> *Terrà costui con più felice scettro*
> *La bella terra che siede sul fiume,*
> *Dove chiamò con lacrimoso plettro*
> *Febo il figliuol ch' avea mal retto il Lume,*
> *Quando fu pianto il fabuloso elettro,*
> *E Cigno si vestì di bianche piume;*
> *E questa di mille obblighi mercede*
> *Gli donerà l' Apostolica sede.*

> *Dove lascio il fratel Aldrobandino?*
> *Che per dar al Pontefice soccorso*
> *Contro Otton Quarto e il campo Ghibellino,*
> *Che sarà presso al Campidoglio corso*
> *Ed avrà preso ogni luogo vicino*
> *E posto agli Umbri e alli Piceni il morso,*
> *Nè potendo prestargli aiuto senza*
> *Molto tesor, ne chiederà a Fiorenza;*

» Ezzellino, ce féroce tyran,
» Qui sera cru le fils du Diable,
» Fera tant de mal, coupant la tête à ses sujets,
» Et ravageant le beau pays Ausonien,
» Qu'auprès de lui auront été humains
» Marius, Sylla, Néron, Caius et Antoine.
» L'Empereur Frédéric Deux aussi
» Sera, par ce même Azzo, battu et coulé à fond.

» Il tiendra sous un sceptre plus doux
» La belle contrée assise sur le fleuve
» Où jadis Apollon, aux sons plaintifs de sa lyre,
» Redemandait son fils, mauvais cocher du Soleil,
» Où furent pleurées les fabuleuses larmes d'ambre,
» Où Cydnus se revêtit de blanches plumes ;
» En récompense de mille services
» La lui donnera le Siège Apostolique.

» Vais-je oublier son frère, Aldrobandino ?
» Il portera secours au Pontife
» Contre Othon Quatre et l'armée Gibeline,
» Parvenue jusqu'au pied du Capitole,
» Maîtresse de toutes les positions voisines,
» Après avoir dompté Ombriens et Picentins ;
» Mais ne pouvant lui venir en aide
» Sans grand argent, en demandera à Florence.

12.

» *E non avendo gioia o miglior pegni,*
» *Per sicurtà daralle il frate in mano;*
» *Spiegherà i suoi vittoriosi segni,*
» *E romperà l'esercito Germano;*
» *In seggio riporrà la Chiesa, e degni*
» *Darà supplicj ai Conti di Celano,*
» *Ed al serviȥio del Sommo Pastore*
» *Finirà gli anni suoi nel più bel fiore.*

» *Ed Aȥȥo, il suo fratel, lascerà erede*
» *Del dominio d'Ancona e di Pisauro,*
» *D'ogni città che da Troento siede*
» *Tra il mare e l'Appennin fin all' Isauro,*
» *E di grandeȥȥa d'animo e di fede,*
» *E di virtù, miglior che gemme ed auro :*
» *Chè dona e tolle ogn' altro ben Fortuna;*
» *Sol in virtù non ha possanȥa alcuna.*

» *Vedi Rinaldo, in cui non minor raggio*
» *Splenderà di valor, purchè non sia*
» *A tanta esaltaȥion del bel lignaggio*
» *Morte o Fortuna invidiosa e ria.*
» *Udirne il duol fin qui da Napoli haggio,*
» *Dove del padre allor statico fia.*
» *Or Obiȥȥo ne vien, che giovinetto*
» *Dopo l'avo sarà Principe eletto.*

» N'ayant pas de joyaux ou de meilleur gage,
» Pour garantie il lui laissera son frère;
» Puis déploiera ses victorieuses enseignes,
» Et mettra en déroute l'armée Allemande;
» Replacera l'Église sur le trône, infligera
» Des supplices mérités aux Comtes de Célano,
» Et au service du Souverain Pasteur
» Finira sa carrière, à la fleur de ses ans.

» Il laissera son frère Azzo, héritier
» Du domaine d'Ancône et de Pisaure,
» De toutes les villes sises entre le Trento,
» La mer, les Apennins et l'Isaure,
» Et aussi de sa grandeur d'âme, de sa loyauté,
» De sa vertu, meilleure que l'or et les pierreries :
» Les autres biens, la Fortune les donne et les ôte;
» Sur la vertu seule, elle n'a aucun pouvoir.

» Regarde Renaud : avec non moins d'éclat
» Resplendira sa valeur, si ne devient contraire
» A une telle élévation de ce noble lignage,
» La Mort, ou la Fortune envieuse et méchante.
» J'entends d'ici le deuil en retentir à Naples
» Où alors il sera l'ôtage de son père.
» Maintenant vient Obizzo qui, tout jeune,
» Après l'aïeul sera élu Prince.

» *Al bel dominio accrescerà costui*
» *Reggio giocondo e Modona feroce.*
» *Tal sarà il suo valor, che Signor lui*
» *Domanderanno i popoli a una voce.*
» *Vedi Azzo sesto, un de' figliuoli sui,*
» *Confalonier della Cristiana Croce :*
» *Avrà il Ducato d' Andria, con la figlia*
» *Del secondo Re Carlo di Siciglia.*

» *Vedi in un bello ed amichevol groppo*
» *Delli Principi illustri l' eccellenza :*
» *Obizzo, Aldrobandin, Niccolò Zoppo,*
» *Alberto, d' amor pieno e di clemenza.*
» *Io tacerò, per non tenerti troppo,*
» *Come al bel regno aggiungeran Favenza,*
» *E con maggior fermezza Adria, che valse*
» *Da se nomar l' indomite acque salse;*

» *Come la Terra, il cui produr di rose*
» *Le diè piacevol nome in Greche voci,*
» *E la città ch' in mezzo alle piscose*
» *Paludi, del Po teme ambe le foci,*
» *Dove abitan le genti disiose*
» *Che 'l mar si turbi e sieno i venti atroci.*
» *Taccio d' Argenta, di Lugo e di mille*
» *Altre castella e popolose ville.*

» Au beau domaine il ajoutera
» Reggio, la riante cité, et Modène la fière.
» Tel sera son mérite que pour Seigneur
» Le demanderont les peuples, tout d'une voix.
» Regarde Azzo Six, un de ses fils,
» Gonfalonier de la Chrétienne Croisade :
» Il aura le Duché d'Adria, avec la fille
» Du Roi Charles Deux de Sicile.

» Voici, formant un bel et aimable groupe,
» L'élite des plus illustres Princes :
» Obizzo, Aldrobandino, Niccolò Zoppo,
» Albert, tout plein d'amour et de clémence.
» Je veux taire, pour ne te retenir trop longtemps,
» Comment au beau royaume ils ajouteront Faënza
» Et, plus valeureusement Adria, orgueilleuse
» De donner son nom aux flots amers et indomptés.

» Ainsi l'Ile qui produit des roses
» En a pris le doux nom, dans la langue des Grecs;
» Ainsi la ville qui au milieu des poissonneux
» Étangs, redoute les deux bouches du Pô :
» Là, vivent des populations qui désirent
» Une mer orageuse et des vents furieux.
» Je ne parlerai pas d'Argenta, de Lugo et de mille
» Autres châteaux et populeux villages.

» *Ve' Niccolò, che tenero fanciullo*
» *Il popol crea Signor della sua terra;*
» *E di Tideo fa il pensier vano e nullo,*
» *Che contra lui le civil' arme afferra.*
» *Sarà di questo il pueril trastullo*
» *Sudar nel ferro e travagliarsi in guerra;*
» *E dallo studio del tempo primiero*
» *Il fior riuscirà d' ogni guerriero.*

» *Farà de' suoi ribelli uscire a voto*
» *Ogni disegno, e lor tornare in danno;*
» *Ed ogni stratagemma avrà sì noto,*
» *Che sarà duro il poter fargli inganno.*
» *Tardi di questo s' avvedrà il Terzo Oto,*
» *E di Reggio e di Parma aspro tiranno :*
» *Che da costui spogliato a un tempo fia*
» *E del dominio e della vita ria.*

» *Avrà il bel Regno poi sempre augumento,*
» *Senza torcer mai piè dal cammin dritto;*
» *Nè ad alcuno farà mai nocumento,*
» *Da cui prima non sia d' ingiuria afflitto :*
» *Ed è per questo il gran Motor contento*
» *Che non gli sia alcun termine prescritto;*
» *Ma duri prosperando in meglio sempre,*
» *Fin che si volga il Ciel nelle sue tempre.*

» Vois Niccolò que, dans son âge tendre,
» Le peuple fera Seigneur de sa terre :
» Il rend impuissants et stériles les efforts de Tideo,
» Qui suscite contre lui la guerre civile ;
» Celui-là aura pour passe-temps enfantins
» De suer sous l'armure, de fatiguer à la guerre ;
» Et grace à ces labeurs de sa jeunesse
» Il deviendra la fleur de la chevalerie.

» Il saura de ses sujets rebelles réduire à néant
» Les complots, et les tourner à leur dommage ;
» Tout stratagème lui sera si connu,
» Que malaisément pourra-t-on le tromper ;
» Trop tard s'en apercevra Othon Trois,
» L'âpre tyran de Reggio et de Parme :
» Celui-là le dépouillera en même temps
» De ses domaines et de sa vie coupable.

» La riche Maison ira toujours s'accroissant,
» Sans dévier jamais de la ligne droite ;
» A personne jamais ne fera tort,
» A moins qu'on ne lui fasse d'abord outrage :
» Et pour cela le grand Moteur est satisfait
» De ne point fixer de terme à sa durée ;
» Il veut qu'elle subsiste, toujours plus prospère,
» Tant que le Ciel tournera sur son axe.

» *Vedi Leonello, e vedi il primo Duce,*
» *Fama della sua età, l' inclito Borso,*
» *Che siede in pace, e più trionfo adduce*
» *Di quanti in altrui terre abbino corso.*
» *Chiuderà Marte ove non veggia luce,*
» *E stringerà al Furor le mani al dorso.*
» *Di questo Signor splendido ogni intento*
» *Sarà, che 'l popol suo viva contento.*

» *Ercole or vien, ch' al suo vicin rinfaccia,*
» *Col piè mezzo arso e con quei debol passi,*
» *Come a Budrio col petto e con la faccia*
» *Il campo volto in fuga gli fermassi;*
» *Non perchè in premio poi guerra gli faccia,*
» *Nè, per cacciarlo, fin nel Barco passi.*
» *Questo è il Signor, di cui non so esplicarme*
» *Se fia maggior la gloria in pace o in arme.*

» *Terran Pugliesi, Calabri e Lucani*
» *De' gesti di costui lunga memoria,*
» *Là dove avrà dal Re de' Catalani*
» *Di pugna singular la prima gloria;*
» *E nome tra gl' invitti Capitani*
» *S' acquisterà con più d' una vittoria:*
» *Avrà per sua virtù la Signoria,*
» *Più di trenta anni a lui debita pria.*

» Regarde Lionel et aussi le premier Duc,
» La gloire de son temps, le fameux Borso
» Qui trône en paix et triomphe plus
» Que tous les conquérants des terres des autres.
» Il enfermera Mars en ténébreuse prison
» Et liera à la Fureur les mains derrière le dos.
» De ce splendide Seigneur toute la pensée
» Sera de faire vivre heureux son peuple.

» Après vient Hercule, qui reproche à ses voisins,
» La jambe à demi brûlée, les pieds chancelants,
» Comment à Budrio, d'un geste et d'un regard,
» Il a contenu l'armée mise en déroute,
» Non pas pour qu'en retour ils lui fissent la guerre
» Et pour le détrôner vinssent jusqu'à Barco.
» C'est un Prince dont je ne saurais dire
» S'il s'acquit plus de gloire, en paix qu'en bataille.

» Les peuples de Pouille, Calabre et Lucanie
» Garderont de ses actes longue mémoire ;
» Là, il remportera, sur le Roi des Catalans,
» Le premier prix de combat singulier ;
» Entre les invincibles Capitaines
» Il se fera un nom, par plus d'une victoire.
» Son mérite lui vaudra la Seigneurie
» Qui était due depuis plus de trente ans.

13

» *E quanto più aver obbligo si possa*
» *A Principe, sua Terra avrà a costui;*
» *Non perchè fia delle paludi mossa*
» *Tra campi fertilissimi da lui;*
» *Non perchè la farà con muro e fossa*
» *Meglio capace a' cittadini sui;*
» *E l' ornerà di templi e di palagi,*
» *Di piazze, di teatri e di mille agi;*

» *Non perchè dagli artigli dell' audace*
» *Aligero Leon terrà difesa;*
» *Non perchè, quando la Gallica face*
» *Per tutto avrà la bella Italia accesa,*
» *Si starà sola col suo stato in pace,*
» *E dal timore e dai tributi illesa :*
» *Non sì per questi ed altri benefici*
» *Saran sue genti ad Ercol debitrici;*

» *Quanto che darà lor l' inclita prole,*
» *Il giusto Alfonso e Ippolito benigno,*
» *Che saran quai l' antiqua fama suole*
» *Narrar de' figli del Tindareo Cigno,*
» *Ch' alternamente si privan del Sole*
» *Per trar l' un l' altro dell' aer maligno.*
» *Sarà ciascuno d' essi e pronto e forte*
» *L' altro salvar con sua perpetua morte.*

» Autant, et plus, on peut avoir d'obligation
» A un Prince, sa Ville lui en devra,
» Non parce qu'il l'aura fait surgir des marais
» Par lui changés en de fertiles plaines ;
» Non parce que, à l'aide de murs et de fossés,
» Il la rendra plus ample pour son peuple,
» Et qu'il l'embellira de temples et de palais,
» De places, de théâtres et de mille agréments ;

» Non, ce ne sera pas pour l'avoir défendue
» Des griffes rapaces du Lion ailé,
» Ni parce qu'à l'heure où la torche Française
» Aura partout incendié la belle Italie,
» Seule elle sera en paix, elle et son territoire,
» Affranchie de toute crainte et de tout tribut ;
» Non, ce ne sont pas de ces biens, et d'autres encore
» Que ses sujets seront redevables à Hercule ;

» C'est de l'illustre descendance issue de lui,
» Alphonse le juste et le bienfaisant Hippolyte,
» Destinés à être ce que l'antique renommée
» Raconte des fils du Cygne et de Tindare,
» Qui alternativement se privent du Soleil
» Pour s'arracher l'un l'autre à la nuit ténébreuse ;
» Chacun d'eux sera prompt et résolu
» A sauver l'autre, par une mort éternelle.

» *Il grande amor di questa bella coppia*
» *Renderà il popol suo via più sicuro*
» *Che se, per opra di Vulcan, di doppia*
» *Cinta di ferro avesse intorno il muro.*
» *Alfonso è quel che col saper accoppia*
» *Sì la bontà, ch' al secolo futuro*
» *La gente crederà che sia dal Cielo*
» *Tornata Astrea dove può il caldo e il gelo.*

» *A grande uopo gli fia l' esser prudente,*
» *E di valore assimigliarsi al padre;*
» *Che si ritroverà, con poca gente,*
» *Da un lato aver le Veneziane squadre,*
» *Colei dall' altro che più giustamente*
» *Non so se dovrà dir matrigna o madre;*
» *Ma se pur madre, a lui poco più pia,*
» *Che Medea ai figli o Progne stata sia.*

» *E quante volte uscirà giorno o notte*
» *Col suo popol fedel fuor della terra,*
» *Tante sconfitte e memorabil rotte*
» *Darà a' nimici o per acqua o per terra.*
» *Le genti di Romagna mal condotte*
» *Contra i vicini e lor già amici, in guerra*
» *Se n' avvedranno, insanguinando il suolo*
» *Che serra il Po, Santerno e Zanniolo.*

» Le grand amour de ce beau couple
» Mettra leurs peuples plus en sûreté
» Que si par œuvre de Vulcain ils eussent
» Double ceinture d'acier autour des murs.
» Alphonse est celui qui au savoir
» Joindra tant de bonté, qu'aux siècles futurs
» On croira qu'Astrée est revenue du Ciel
» En ces climats, où règnent la chaleur et le froid.

» Et grand besoin lui sera d'être prudent,
» Comme de ressembler en courage à son père;
» Car il se trouvera, avec peu de gens d'armes,
» Avoir d'un côté les bandes Vénitiennes
» Et de l'autre celle qu'avec plus de justesse
» Je ne sais s'il devra dire sa marâtre ou sa mère:
» Si sa mère, elle n'eut pas de lui plus de pitié
» Que de leurs enfants Médée ou Progné.

» Chaque fois qu'il marchera, de jour ou de nuit,
» Avec ses fidèles sujets, hors de son territoire,
» Autant de défaites et de mémorables déroutes
» Il infligera aux ennemis, sur mer ou sur terre.
» Les peuples de Romagne, mal inspirés
» De combattre leurs voisins, jusque-là leurs amis,
» S'en repentiront, ensanglantant la plaine
» Qu'entoure le Pô, le Santerne et le Zanniolo.

13.

» *Nei medesmi confini anco saprallo*
» *Del gran Pastore il mercenario Ispano,*
» *Che gli avrà dopo con poco intervallo*
» *La Bastia tolta, e morto il Castellano,*
» *Quando l' avrà già preso; e per tal fallo*
» *Non fia, dal minor fante al Capitano,*
» *Chi del racquisto e del presidio ucciso*
» *A Roma riportar possa l' avviso.*

» *Costui sarà, col senno e con la lancia,*
» *Ch' avrà l' onor, nei campi di Romagna,*
» *D' aver dato all' esercito di Francia*
» *La gran vittoria contra Giulio e Spagna.*
» *Nuoterrano i destrier fin alla pancia*
» *Nel sangue uman per tutta la campagna,*
» *Ch' a seppellire il popol verrà manco*
» *Tedesco, Ispano, Greco, Italo e Franco.*

» *Quel ch' in Pontificale abito imprime*
» *Del purpureo cappel la sacra chioma,*
» *È il liberal, magnanimo, sublime,*
» *Gran Cardinal della Chiesa di Roma,*
» *Ippolito, ch' a prose, a versi, a rime*
» *Darà materia eterna in ogni idioma;*
» *La cui fiorita età vuol il Ciel giusto*
» *Ch' abbia un Maron, come un altro ebbe Au-*
     gusto.

» Aux mêmes lieux s'en apercevra aussi
» L'Espagnol à la solde du grand Pontife,
» Car il lui enlèvera bientôt après
» La Bastia, et il en tuera le Châtelain,
» Après l'avoir pris; et, pour châtier le crime,
» Pas un, du moindre soldat au Capitaine,
» Ne pourra, de l'assaut ni de la mort du chef,
» Aller à Rome porter la nouvelle.

» C'est encore lui qui de son génie et de ses armes
» Aura l'honneur, dans les champs de la Romagne,
» De donner à l'armée de France
» La grande victoire sur Jules et l'Espagne;
» Les chevaux nageront jusqu'au ventre
» Dans le sang humain, par toute la plaine,
» Où manquera la place pour ensevelir
» Allemands, Espagnols, Grecs, Italiens, Français.

» Cet autre qui, en habits Pontificaux, couvre
» Du chapeau rouge sa sainte chevelure,
» C'est le libéral, le magnanime, le sublime,
» Grand Cardinal de l'Église de Rome,
» Hippolyte, qui à la prose, aux vers, aux rimes
» Donnera matière éternelle, en toute langue;
» La justice du Ciel veut que son âge fleuri
» Ait un Virgile; comme Auguste en eut un.

» *Adornerà la sua progenie bella,*
» *Come orna il Sol la macchina del Mondo*
» *Molto più della Luna e d' ogni stella;*
» *Ch' ogn' altro lume a lui sempre è secondo.*
» *Costui con pochi a piedi e meno in sella*
» *Veggio uscir mesto, e poi tornar giocondo;*
» *Che quindici galee mena captive,*
» *Oltra mill' altri legni, alle sue rive.*

» *Vedi poi l' uno e l' altro Sigismondo :*
» *Vedi d' Alfonso i cinque figli cari,*
» *Alla cui fama ostar, che di se il Mondo*
» *Non empia, i monti non potran nè i mari :*
» *Gener del Re di Francia, Ercol Secondo*
» *È l' un; quest' altro (acciò tutti gl' impari)*
» *Ippolito è, che non con minor raggio*
» *Che 'l zio, risplenderà nel suo lignaggio.*

» *Francesco, il terzo; Alfonsi gli altri dui*
» *Ambi son detti. Or, come io dissi prima,*
» *S' ho da mostrarti ogni tuo ramo, il cui*
» *Valor la stirpe sua tanto sublima,*
» *Bisognerà che si rischiari e abbui*
» *Più volte prima il Ciel ch' io te li esprima;*
» *E sarà tempo ormai, quando ti piaccia,*
» *Ch' io dia licenzia all' Ombre, e ch' io mi taccia.* »

» Il sera la splendeur de sa noble maison,
» Comme le Soleil éclaire la machine du Monde,
» Bien plus que la Lune et toutes les étoiles,
» Et fait pâlir toute lumière à la sienne.
» Avec peu de gens à pied, et moins à cheval,
» Je le vois partir triste et revenir joyeux :
» Il ramène au port quinze galères prises,
» Outre mille autres bâtiments.

» Regarde ensuite l'un et l'autre Sigismond,
» Vois les cinq enfants chéris d'Alphonse :
» Diminuer sa gloire, faire qu'il n'en remplisse
» Le Monde, ne le pourront ni les monts, ni les
        mers.
» Gendre du Roi de France, Hercule Deux
» Est l'un; le second, pour n'en passer un seul,
» Est Hippolyte, qui brillera, dans la famille,
» D'un non moins vif éclat que son oncle.

» François est le troisième; Alphonse est le nom
» Des deux autres. Or, je te l'ai déjà dit,
» S'il me fallait te montrer tous les rameaux
» Dont la vigueur élève l'arbre jusqu'aux nues,
» Besoin serait que s'éclairât et s'obscurcît
» Plus d'une fois le Ciel, avant que je termine.
» Il est temps désormais, si tu le veux bien,
» Que je donne congé aux Ombres et me taise. »

Così con voluntà della Donzella,
La dotta Incantatrice il libro chiuse.
Tutti gli Spirti allora nella cella
Spariro in fretta, ove eran l' ossa chiuse.
Qui Bradamante, poi che la favella
Le fu concessa usar, la bocca schiuse,
E domandò : « Chi son li dua sì tristi,
» Che tra Ippolito e Alfonso abbiamo visti?

» Veniano sospirando, e gli occhi bassi
» Parean tener, d' ogni baldanza privi ;
» E gir lontan da loro io vedea i passi
» Dei frati sì, che ne pareano schivi. »
Parve ch' a tal domanda si cangiassi
La Maga in viso, e fe' degli occhi rivi ;
E gridò : « Ah sfortunati, a quanta pena
» Lungo instigar d' uómini rei vi mena !

» O buona prole, o degna d'Ercol buono,
» Non vinca il lor fallir vostra bontade :
» Di vostro sangue i miseri pur sono ;
» Qui ceda la giustizia alla pietade. »
Indi soggiunse con più basso suono :
« Di ciò dirti più innanzi non accade.
» Statti col dolce in bocca, e non ti doglia
» Ch' amareggiar al fin non te la voglia.

Ainsi, avec l'assentiment de la Damoiselle,
La savante Enchanteresse ferma le livre.
Tous les Esprits alors, en hâte, disparurent
Par la grotte où étaient renfermés les ossements.
Là, Bradamante, après que la parole
Lui eut été rendue, ouvrit la bouche
Et demanda : « Qui sont ces deux, si tristes,
» Qu'entre Hippolyte et Alphonse nous avons vus ?

» Ils venaient soupirant, les yeux baissés,
» A ce qu'il semble, privés de toute assurance ;
» Je voyais leurs frères écarter d'eux
» Leurs pas, et paraître les éviter. »
Il sembla qu'à cette demande la Magicienne
Changeât de visage, et fît des ruisseaux de ses yeux ;
Elle cria : « Infortunés ! à quels tourments
» Vous mènent les complots d'hommes pervers !

» Brave descendance, digne du bon Hercule,
» Que leur crime ne dépasse pas votre clémence :
» Ces malheureux n'en sont pas moins de votre
        sang,
» Qu'ici la justice le cède à la pitié. »
Puis elle ajouta d'une voix plus basse :
« Je ne puis là-dessus t'en dire davantage,
» Reste avec la douceur à la bouche et ne te plains pas
» Que je refuse de te donner pour la fin l'amertume.

» *Tosto che spunti in ciel la prima luce,*
» *Piglierai meco la più dritta via*
» *Ch' al lucente Castel d'acciar conduce,*
» *Dove Ruggier vive in altrui balia.*
» *Io tanto ti sarò compagna e duce,*
» *Che tu sia fuor dell' aspra selva ria :*
» *T' insegnerò, poi che sarem sul mare,*
» *Sì ben la via, che non potresti errare.* »

Quivi l' audace Giovane rimase
Tutta la notte, e gran pezzo ne spese
A parlar con Merlin, che le suase
Rendersi tosto al suo Ruggier cortese.
Lasciò di poi le sotterranee case,
Che di nuovo splendor l' aria s' accese,
Per un cammin gran spazio oscuro e cieco,
Avendo la spirtal femmina seco.

E riusciro in un burrone ascoso
Tra monti inaccessibili alle genti ;
E tutto 'l dì senza pigliar riposo
Saliron balze e traversar torrenti.
E perchè men l' andar fosse noioso,
Di piacevoli e bei ragionamenti,
Di quel che fu più conferir soave,
L' aspro cammin facean parer men grave.

» Sitôt que poindra au ciel le premier rayon,
» Tu prendras avec moi le chemin le plus court
» Qui conduise au resplendissant Château d'acier,
» Où vit Roger, sous la dépendance d'un autre.
» Je serai ta compagne et ton guide,
» Jusqu'au sortir de l'âpre et mauvaise forêt :
» Quand nous serons à la mer, je t'enseignerai
» Si bien la route, que tu ne pourras t'égarer. »

En ces lieux resta l'audacieuse Jouvencelle
Toute la nuit, et bonne partie en dépensa
A converser avec Merlin, qui lui conseilla
D'aller vite en aide à son Roger.
Elle quitta les souterraines demeures
Quand le ciel rayonna de clarté nouvelle,
Et suivit longtemps un chemin obscur et noir
Avec elle ayant la femme incorporelle.

Elles arrivèrent en un défilé caché
Entre des montagnes inaccessibles à l'homme;
Et tout le jour, sans prendre de repos,
Franchirent des précipices, traversèrent des tor-
       rents.
Pour que la marche leur fût moins ennuyeuse,
D'agréables et nobles entretiens,
Sur les sujets qui leur plaisaient le mieux,
Leur firent paraître moins long le rude chemin.

14

De i quali era però la maggior parte
Ch' a Bradamante vien la dotta Maga
Mostrando con che astuzia e con qual arte
Proceder dee se di Ruggiero è vaga.
« Se tu fossi, » dicea, « Pallade o Marte,
» E conducessi gente alla tua paga
» Più che non ha il Re Carlo e il Re Agramante,
» Non dureresti contra il Negromante ;

» Chè oltre che d' acciar murata sia
» La Rocca inespugnabile, e tant' alta ;
» Oltre che 'l suo destrier si faccia via
» Per mezzo l' aria, ove galoppa e salta ;
» Ha lo scudo mortal che, come pria
» Si scopre, il suo splendor sì gli occhi assalta,
» La vista tolle e tanto occupa i sensi,
» Che come morto rimaner conviensi.

» E se forse ti pensi che ti vaglia
» Combattendo tener serrati gli occhi,
» Come potrai saper nella battaglia,
» Quando ti schivi o l' avversario tocchi ?
» Ma per fuggire il lume ch' abbarbaglia,
» E gli altri incanti di colui far sciocchi,
» Ti mostrerò un rimedio, una via presta ;
» Nè altra in tutto il mondo è se non questa.

De leurs discours la meilleure part
Roule sur ce qu'à Bradamante la docte Magicienne
Montre avec quelle ruse et quelle finesse
Elle doit agir, si elle aime Roger.
« Si tu étais, » lui disait-elle, « Pallas ou Mars,
» Et que tu conduisisses des troupes à ta solde
» Plus que le Roi Charles et le Roi Agramant,
» Tu n'en viendrais pas plus à bout du Nécromant ;

» Car outre qu'est d'acier entourée
» La Roche inexpugnable, et si haute ;
» Outre que son coursier fait route
» A travers l'espace, où il galope et saute,
» Il possède l'écu mortel, dont aussitôt
» Qu'on le découvre, l'éclat éblouit tant les yeux,
» Qu'il fait perdre la vue et engourdit les sens ;
» Force est de rester comme mort.

» Et si par hasard tu penses qu'il te serve
» De tenir en combattant les yeux fermés,
» Comment pourras-tu savoir, dans la bataille,
» Quand tu évites ou frappes l'adversaire ?
» Pour ne rien craindre de la lumière qui aveugle
» Et rendre inutiles tous ses autres enchantements,
» Je t'enseignerai une recette, un moyen sûr ;
» Il n'y en a pas d'autre au monde que celui-là.

» *Il Re Agramante d'Africa uno anello,*
» *Che fu rubato in India a una Regina,*
» *Ha dato a un suo Baron detto Brunello,*
» *Che poche miglia innanzi ne cammina;*
» *Di tal virtù, che chi nel dito ha quello,*
» *Contra il mal degl' incanti ha medicina.*
» *Sa di furti e d' inganni Brunel, quanto*
» *Colui che tien Ruggier sappia d'incanto.*

» *Questo Brunel sì pratico e sì astuto,*
» *Come io ti dico, è dal suo Re mandato.*
» *Acciò che col suo ingegno e con l' aiuto*
» *Di questo anello, in tal cose provato,*
» *Di quella Rocca dove è ritenuto,*
» *Traggia Ruggier; che così s' è vantato,*
» *Ed ha così promesso al suo Signore,*
» *A cui Ruggiero è più d' ogni altro a cuore.*

» *Ma perchè il tuo Ruggiero a te sol abbia,*
» *E non al Re Agramante, ad obbligarsi*
» *Che tratto sia dell' incantata gabbia,*
» *T' insegnerò il rimedio che de' usarsi.*
» *Tu te n'andrai tre dì lungo la sabbia*
» *Del mar, ch' è oramai presso a dimostrarsi.*
» *Il terzo giorno in un albergo teco*
» *Arriverà costui c' ha l' anel seco.*

» Le Roi d'Afrique, Agramant, avait un anneau
» Dérobé dans l'Inde à une Reine;
» Il l'a donné à un sien Baron, nommé Brunel,
» Qui devant nous, à quelques milles, voyage.
» Cet anneau est de telle vertu, que qui l'a au doigt,
» Contre toute sorcellerie possède remède.
» Brunel sait en larcins et tromperies
» Autant qu'en magie celui qui retient Roger.

» Ce Brunel, si adroit et si rusé
» Que je te le dis, son Roi l'a dépêché
» Pour que subtilement, et avec l'aide
» De cet anneau à vertu éprouvée,
» Il tire de la Roche où il est détenu
» Roger; Brunel s'est vanté de la chose
» Et en a fait la promesse à son Seigneur,
» Qui tient à cœur Roger plus que tout autre.

» Mais pour que ton Roger ait à toi seul,
» Et non au Roi Agramant, l'obligation
» D'avoir été tiré de la cage enchantée,
» Je t'enseignerai le moyen qu'il faudra prendre.
» Tu marcheras trois jours le long des sables
» De la mer, qui bientôt est près d'apparaître;
» Le troisième jour, à l'auberge, avec toi
» Arrivera l'homme qui porte l'anneau.

14.

» *La sua statura, acciò tu lo conosca,*
» *Non è sei palmi, ed ha il capo ricciuto;*
» *Le chiome ha nere ed ha la pelle fosca;*
» *Pallido il viso, oltre il dover barbuto;*
» *Gli occhi gonfiati e guardatura losca;*
» *Schiacciato il naso e nelle ciglia irsuto:*
» *L'abito, acciò ch'io lo dipinga intero,*
» *È stretto e corto, e sembra di corriero.*

» *Con esso lui t'accaderà soggetto*
» *Di ragionar di quelli incanti strani:*
» *Mostra d'aver, come tu avra' in effetto,*
» *Disio che 'l Mago sia teco alle mani:*
» *Ma non monstrar che ti sia stato detto*
» *Di quel suo anel che fa gl'incanti vani.*
» *Egli t'offerirà mostrar la via*
» *Fin alla Rocca, e farti compagnia.*

» *Tu gli va' dietro: e come t'avvicini*
» *A quella Rocca sì ch'ella si scopra,*
» *Dagli la morte; nè pietà t'inchini*
» *Che tu non metta il mio consiglio in opra;*
» *Nè far ch'egli il pensier tuo s'indovini,*
» *E ch'abbia tempo che l'anel lo copra;*
» *Perchè ti sparirà dagli occhi, tosto*
» *Ch'in bocca il sacro anel s'avesse posto.* »

» Sa taille, pour que tu le reconnaisses,
» N'est pas de six palmes, et il a le chef crépu,
» Les cheveux noirs, la peau basanée,
» Le teint pâle, sauf ce qui est barbu,
» Les yeux saillants, le regard louche,
» Le nez écrasé, les sourcils en broussaille ;
» Son habit, pour le dépeindre tout au long,
» Est étroit et court, comme celui d'un messager.

» Avec lui tu auras l'occasion
» De causer de ces enchantements étranges ;
» Montre le désir, et tu l'as en effet,
» D'en venir aux mains avec le Magicien :
» Mais ne laisse pas voir qu'il t'ait été parlé
» De cet anneau, qui rend vains tous les charmes.
» Il t'offrira de t'indiquer le chemin
» Jusqu'à la Roche, et de te tenir compagnie.

» Tu iras derrière lui, et quand tu seras assez près
» De cette Roche pour l'apercevoir,
» Mets-le à mort ; prends garde que la pitié
» T'empêche de suivre mon conseil,
» Ou qu'il ne devine ta pensée
» Et qu'il ait le temps que l'anneau le préserve ;
» Il s'évanouit à tes yeux, aussitôt
» Qu'en bouche il aurait mis l'anneau magique. »

Così parlando, giunsero sul mare,
Dove presso a Bordea mette Garonna.
Quivi, non senza alquanto lagrimare,
Si dipartì l'una dall' altra Donna.
La figliuola d'Amon, che per slegare
Di prigione il suo amante non assonna,
Camminò tanto, che venne una sera
Ad un albergo ove Brunel prim'era.

Conosce ella Brunel come lo vede,
Di cui la forma avea sculpita in mente;
Onde ne viene, ove ne va gli chiede :
Quel le risponde, e d' ogni cosa mente.
La Donna, già provista, non gli cede
In dir menzogne, e simula ugualmente
E patria e stirpe e setta e nome e sesso,
E gli volta alle man pur gli occhi spesso.

Gli va gli occhi alle man spesso voltando,
In dubbio sempre esser da lui rubata;
Nè lo lascia venir troppo accostando,
Di sua condizion bene informata.
Stavano insieme in questa guisa, quando
L' orecchia da un rumor lor fu intruonata.
Poi vi dirò, Signor, che ne fu causa,
Ch' avrò fatto al cantar debita pausa.

Ainsi devisant, elles arrivèrent à la mer,
Où près de Bordeaux se jette la Garonne;
Là, non sans pleurer quelque peu,
Les Dames se séparèrent l'une de l'autre.
La fille d'Aymon qui, pour tirer
De prison son amant, ne veut faire un somme,
Chemina tant qu'au soir elle arriva
Dans une auberge où déjà était Brunel.

Elle reconnaît, dès qu'elle le voit, Brunel
Dont la figure était en elle gravée:
Elle lui demande d'où il vient, où il va:
L'autre lui répond et ment à chaque mot.
La Dame, prévenue, ne lui cède en rien
A mentir, pareillement elle dissimule
Patrie, famille, religion, nom, sexe,
Et jette souvent les yeux sur ses mains.

Elle lui regarde les mains plus d'une fois,
Toujours dans le soupçon d'être par lui volée,
Et ne le laisse s'approcher de trop près,
Étant bien informée de ses habitudes.
Ils se tenaient ainsi de la sorte,
Lorsqu'une rumeur leur assourdit les oreilles.
Je vous dirai, Seigneur, quelle en était la cause,
Après avoir fait la pause nécessaire.

❦

ROLAND FURIEUX

CHANT QUATRIÈME

SOMMAIRE

Apparition de l'Hippogriffe. — Bradamante enlève à
Brunel l'anneau magique, puis combat le Magicien. —
Atlant, fait prisonnier, disparaît avec la Roche
enchantée, qu'il détruit par un nouveau charme. —
Mise en liberté de Roger et des autres captifs. — Roger
monte imprudemment l'Hippogriffe; il est emporté
dans l'espace. — Arrivée de Renaud en Écosse. — Il y
apprend l'histoire de Génièvre et part à son secours.
— Rencontre d'une jeune femme qu'il arrache à la
mort.

CANTO QUARTO

~~~~

Quantunque il simular sia le più volte
Ripreso, e dia di mala mente indici,
Si trova pur, in molte cose e molte,
Aver fatti evidenti benefici,
E danni e biasmi e morti aver già tolte;
Chè non conversiam sempre con gli amici
In questa assai più oscura che serena
Vita mortal, tutta d' invidia piena.

Se dopo, lunga prova, a gran fatica
Trovar si può chi ti sia amico vero,
Et a chi senza alcun sospetto dica
E discoperto mostri il tuo pensiero;
Che de' far di Ruggier la bella amica
Con quel Brunel non puro e non sincero,
Ma tutto simulato e tutto finto,
Come la Maga le l' avea dipinto?

CHANT QUATRIÈME

~~~~

Encore que la dissimulation soit le plus souvent
Reprise, et qu'elle donne indice d'un esprit mauvais,
Elle se trouve pourtant, en maintes occasions,
Avoir procuré des avantages manifestes,
Écarté des dangers, des blâmes, des trépas;
Car nous ne traitons pas toujours avec des amis
En cette vie mortelle, plus troublée que sereine,
Et toute pleine d'envieux.

Si, après longue expérience, à grand' peine
Se peut trouver qui te soit un ami véritable,
A qui sans méfiance aucune tu parles
Et montres à découvert ta pensée,
Que devait faire la belle amie de Roger
Avec ce Brunel, qui n'est ni franc ni sincère,
Mais tout dissimulation, tout feinte,
Tel que la Fée le lui avait dépeint?

15

Simula anch' ella; e così far conviene
Con esso lui di finzioni padre :
E, come io dissi, spesso ella gli tiene
Gli occhi alle man, ch' eran rapaci e ladre.
Ecco all' orecchie un gran rumor lor viene.
Disse la Donna : « O gloriosa Madre,
» O Re del ciel, che cosa sarà questa? »
E dove era il rumor si trovò presta.

E vede l' oste e tutta la famiglia,
E chi a finestre e chi fuor nella via,
Tener levati al ciel gli occhi e le ciglia,
Come l'ecclisse o la cometa sia.
Vede la Donna un' alta maraviglia
Che di leggier creduta non saria :
Vede passar un gran destriero alato,
Che porta in aria un Cavaliero armato.

Grandi eran l' ale e di color diverso,
E vi sedea nel mezzo un Cavaliero,
Di ferro armato luminoso e terso,
E ver Ponente avea dritto il sentiero.
Calossi, e fu tra le montagne immerso :
E come dicea l' oste (e dicea il vero),
Quell' era un Negromante, e facea spesso
Quel varco, or più da lungi, or più da presso.

Elle aussi dissimule, ainsi qu'il convient,
Avec ce maître en artifices,
Et, comme je l'ai dit, souvent elle fixe
Les yeux, sur ses mains crochues et rapaces.
Voici qu'aux oreilles leur parvient grande rumeur.
La Dame s'écrie : « O glorieuse Mère,
» O Roi du ciel, qu'est-ce que cela ? »
Et vite, où s'est produit le tapage, elle accourt.

Elle voit l'hôte et toute la maison,
Qui aux fenêtres, qui dehors, sur la route,
Lever au ciel les yeux et les sourcils
Comme s'il y avait l'éclipse ou la comète.
La Dame voit un étonnant prodige
Qui de léger ne serait cru :
Elle voit passer un grand coursier ailé,
Qui porte dans les airs un Chevalier armé.

Grandes étaient les ailes et de diverses couleurs ;
Au milieu se tenait assis un Cavalier
Couvert d'une armure étincelante et polie ;
Vers le Couchant il dirigeait sa route,
Puis s'abaissa et se perdit derrière les monts :
Comme le disait l'hôte, et il disait vrai,
C'était un Nécromant, et souvent il faisait
Ce trajet, tantôt plus haut, tantôt plus bas.

Volando, talor s' alza·nelle stelle,
E poi quasi talor la terra rade,
E ne porta con lui tutte le belle
Donne che trova per quelle contrade :
Talmente che le misere Donzelle
Ch' abbiano o aver si credano beltade,
(Come affatto costui tutte le invole)
Non escon fuor sì che le veggia il Sole.

— « *Egli sul Pireneo tiene un Castello,* »
Narrava l' oste, « *fatto per incanto,*
» *Tutto d' acciaio, e sì lucente e bello*
» *Ch' altro al mondo non è mirabil tanto.*
» *Già molti Cavalier sono iti a quello,*
» *E nessun del ritorno si dà vanto ;*
» *Sì ch' io penso, Signore, e temo forte,*
» *O che sian presi, o sian condotti a morte.* »

La Donna il tutto ascolta e le ne giova,
Credendo far, come farà per certo,
Con l' anello mirabile tal prova,
Che ne fia il Mago e il suo Castel deserto ;
E dice all' oste : « *Or un de' tuoi mi trova*
» *Che più di me sia del viaggio esperto ;*
» *Ch'io non posso durar, tanto ho il cor vago*
» *Di far battaglia contra questo Mago.*

Parfois en volant il s'élève jusqu'aux étoiles,
Parfois il ne fait quasi que raser la terre,
Et emporte avec lui toutes les belles femmes
Qu'il rencontre par ces pays :
Si bien que les malheureuses Jouvencelles
Qui ont ou croient avoir quelque beauté
(De fait cet homme les enlève toutes)
Ne sortent plus se faire voir au Soleil.

— « Dans les Pyrénées il habite un château, »
Poursuivait l'hôte, « construit par magie,
» Tout d'acier, si resplendissant et si beau
» Qu'au monde il n'en est pas de plus merveilleux.
» Déjà beaucoup de Chevaliers y sont allés,
» Et personne ne s'est vanté d'en être revenu ;
» Si bien que je pense, Seigneur, et crains fort
» Qu'ils soient captifs, ou bien qu'ils soient morts. »

La Dame écoute tout et s'en réjouit,
Car elle croit bien, comme elle y parviendra,
Faire de l'anneau magique telle expérience
Que le Magicien et son Château en soient ruinés.
Elle dit à l'hôte : « Or, prête-moi un de tes gens
» Qui mieux que moi soit au fait de la route ;
» Je ne puis plus durer, tant j'ai envie
» D'engager bataille avec ce Magicien.

» — *Non ti mancherà guida,* » *le rispose*
Brunello allora; « *e ne verrò teco io.*
» *Meco ho la strada in scritto, ed altre cose*
» *Che ti faran piacer il venir mio.* »
Volse dir dell' anel, ma non l'espose,
Nè chiarì più, per non pagarne il fio.
— « *Grato mi fia,* » *disse ella,* « *il venir tuo;* »
Volendo dir ch' indi l' anel fia suo.

Quel ch' era utile a dir, disse ; e quel tacque
Che nuocer le potea col Saracino.
Avea l' oste un destrier ch' a costei piacque,
Ch' era buon da battaglia e da cammino :
Comperollo, e partissi come nacque
Del bel giorno seguente il mattutino.
Prese la via per una stretta valle,
Con Brunello ora innanzi, ora alle spalle.

Di monte in monte e d' uno in altro bosco,
Giunsero ove l' altezza di Pirene
Può dimostrar (se non è l' aer fosco)
E Francia e Spagna, e due diverse arene,
Come Appennin scopre il mar Schiavo e il Tosco
Dal giogo onde a Camaldoli si viene.
Quindi, per aspro e faticoso calle,
Si discendea nella profonda valle.

» — Tu ne manqueras pas de guide, » lui répliqua
Aussitôt Brunel ; « j'irai moi-même avec toi.
» J'ai sur moi la route par écrit, et d'autres choses
» Qui te feront te réjouir de ma venue. »
Il entendait l'anneau, mais il ne le dit point,
Et ne s'expliqua, de peur d'en porter la peine.
— « Heureuse me soit, » répondit-elle, « ta venue. »
Voulant dire par là qu'elle aura bien l'anneau.

Ce qu'il était utile de dire, elle le dit, et tut
Ce qui lui pouvait nuire avec le Sarrasin.
L'hôte avait un cheval qui lui plut,
Bon cheval de bataille et de voyage :
Elle l'acheta, et partit dès que parut
Du beau jour suivant l'aurore.
Elle fit route par une étroite vallée
Ayant Brunel tantôt devant, tantôt derrière.

De montagne en montagne, de forêt en forêt,
Ils arrivèrent où, du haut des Pyrénées,
Se peuvent apercevoir (si l'air n'est pas trouble),
Et la France et l'Espagne, et leurs deux plages,
Comme les Apennins font découvrir l'Adriatique
        et la mer Toscane,
Du chaînon qui mène à Camaldoli.
De là, par un âpre et fatigant sentier,
On descendait dans la vallée profonde.

Vi sorge in mezzo un sasso, che la cima
D' un bel muro d' acciar tutta si fascia ;
E quella tanto in verso il ciel sublima,
Che quanto ha intorno inferior si lascia.
Non faccia, chi non vola, andarvi stima :
Chè spesa indarno vi saria ogni ambascia.
Brunel disse : « Ecco dove prigionieri
» Il Mago tien le Donne e i Cavalieri. »

Da quattro canti era tagliato, e tale
Che parea dritto a fil della sinopia ;
Da nessun lato, nè sentier, nè scale
V' eran che di salir facesser copia :
E ben appar che d' animal ch' abbia ale
Sia quella stanza nido e tana propia.
Quivi la Donna esser conosce l' ora
Di tor l' anello, e far che Brunel mora.

Ma le par atto vile a insanguinarsi
D' un uom senza arme e di sì ignobil sorte ;
Che ben potrà posseditrice farsi
Del ricco anello, e lui non porre a morte.
Brunel non avea mente a riguardarsi ;
Sì ch' ella il prese, e lo legò ben forte
Ad uno abete ch' alta avea la cima ;
Ma di dito l' anel gli trasse prima.

Au milieu s'élève un rocher, dont la cime
D'un beau mur d'acier tout entière s'enveloppe;
Elle se dresse si haut vers le ciel,
Qu'elle fait paraître bas tout ce qui l'entoure.
Qui n'a des ailes ne peut prétendre y monter :
Il dépenserait en vain toute sa peine.
Brunel dit : « Voilà où, captifs,
» Le Magicien détient Dames et Chevaliers. »

Sur les quatre faces, le roc était à pic et tel
Qu'il semblait taillé droit au fil à plomb;
Nulle part de sentiers ni d'escaliers
Qui donnassent accès à foison :
Il est bien clair que d'un animal ailé
Ce logis est le nid et la propre tanière.
La Dame alors voit que c'est le moment
D'enlever l'anneau et de faire mourir Brunel.

Mais il lui paraît vil de se souiller du sang
D'un homme désarmé et de si ignoble condition;
Elle pourra bien se rendre la maîtresse
Du riche anneau, sans mettre l'homme à mort.
Brunel ne songeait pas à être sur ses gardes;
Elle le saisit et le lia fortement
Au tronc d'un pin dont la cime était haute;
Mais elle lui arracha du doigt l'anneau, d'abord.

Nè per lacrime, gemiti o lamenti
Che facesse Brunel, lo volse sciorre.
Smontò della montagna, a passi lenti,
Tanto che fu nel pian sotto la Torre.
E perchè alla battaglia s' appresenti
Il Negromante, al corno suo ricorre ;
E dopo il suon, con minacciose grida
Lo chiama al campo, ed alla pugna 'l sfida.

Non stette molto a uscir fuor della porta
L' Incantator, ch' udì 'l suono e la voce.
L' alato corridor per l' aria il porta
Contra costei che sembra uomo feroce.
La Donna da principio si conforta,
Che vede che colui poco le nuoce :
Non porta lancia, nè spada, nè mazza,
Ch' a forar l' abbia o romper la corazza.

Dalla sinistra sol lo scudo avea,
Tutto coperto di seta vermiglia,
Nella man destra un libro, onde facea
Nascer, leggendo, l' alta maraviglia :
Chè la lancia talor correr parea,
E fatto avea a più d' un batter le ciglia;
Talor parea ferir con mazzo o stocco,
E lontano era e non avea alcun tocco

Ni pour larmes, plaintes et gémissements
Que fit Brunel, ne le voulut détacher.
Elle descendit de la montagne, à pas lents,
Jusqu'en la plaine au-dessous de la Tour.
Et pour qu'au combat se présentât
Le Nécromant, elle emboucha son cor ;
Après avoir sonné, d'une voix menaçante
Elle l'appelle au champ, et le défie en bataille.

Il ne fut pas longtemps à se montrer dehors,
L'Enchanteur, à l'appel du cor et de la voix.
Le cheval ailé l'emporte dans l'espace
Contre celle qu'il prend pour un homme arrogant.
La Guerrière tout de suite se rassure,
Voyant combien il est peu redoutable :
Il n'a ni lance, ni épée, ni massue,
Pour la transpercer ou briser sa cuirasse.

De la main gauche il ne tenait que l'écu
Entièrement couvert de soie rouge,
Et de la main droite un livre, d'où il faisait
Apparaître, en le lisant, maints prodiges :
Il semblait tantôt courir la lance,
Et faisait à plus d'un fermer les paupières ;
Tantôt frapper de la masse ou de l'estoc,
Or il était loin et n'avait touché personne.

Non è finto il destrier, ma naturale,
Ch' una giumenta generò d' un Grifo :
Simile al padre avea la piuma e l' ale,
Li piedi anteriori, il capo e 'l grifo;
In tutte l' altre membra parea quale
Era la madre, e chiamasi Ippogrifo.
Che nei monti Rifei vengon, ma rari,
Molto di là dagli agghiacciati Mari.

Quivi per forza lo tirò d'incanto,
E poi che l' ebbe, ad altro non attese;
E con studio e fatica operò tanto,
Ch' a sella e briglia il cavalcò in un mese;
Così ch' in terra e in aria e in ogni canto
Lo facea volteggiar senza contese.
Non finzion d' incanto, come il resto,
Ma vero e natural si vedea questo.

Del Mago ogn' altra cosa era figmento,
Che comparir facea per rosso il giallo;
Ma con la Donna non fu di momento,
Che per l' anel non può vedere in fallo.
Più colpi tuttavia disserra al vento,
E quinci e quindi spinge il suo cavallo,
E si dibatte e si travaglia tutta,
Come era, innanzi che venisse, instrutta.

Son cheval n'est point fictif, mais réel ;
Une jument l'enfanta d'un Griffon :
Du père il tenait les plumes, les ailes,
Les pieds de devant, la tête et les ongles ;
En tous ses autres membres il semblait tel
Qu'était la mère, et s'appelait Hippogriffe.
Ils vivent, mais sont rares, aux monts Riphées,
Bien au delà des Mers glaciales.

Il l'en avait tiré à force d'enchantement
Et dès qu'il l'eut, ne tint plus à nul autre ;
Il y mit tant de soin et de travail
Que, sellé, bridé, en un mois le monta,
Et par terre, en l'air, n'importe où,
Le fit galoper sans résistance.
Ce n'était pas de la magie, comme tout le reste,
Mais un être réel, produit par la nature.

Tout le reste chez le Magicien était illusion,
Car il faisait paraître rouge le jaune ;
Mais avec la Guerrière cela ne servit de rien,
L'anneau l'empêche d'être abusée.
Cependant elle porte mille coups en l'air,
Et de côté et d'autre pousse son cheval,
Se démène et se fatigue de toute façon,
Comme elle en avait été d'avance avertie.

16

E poi che esercitata si fu alquanto
Sopra il destrier, smontar volse anco a piede,
Per poter meglio al fin venir di quanto
La cauta Maga instruzion le diede.
Il Mago vien per far l' estremo incanto,
Che del fatto ripar nè sa, nè crede :
Scuopre lo scudo, e certo si prosume
Farla cader, con l' incantato lume.

Potea così scoprirlo al primo tratto,
Senza tenere i Cavalieri a bada :
Ma gli piacea veder qualche bel tratto
Di correr l' asta o di girar la spada ;
Come si vede ch' all' astuto Gatto
Scherzar col Topo alcuna volta aggrada ;
E poi che quel piacer gli viene a noia,
Dargli di morso, e al fin voler che muoia.

Dico che 'l Mago al Gatto, e gli altri al Topo
S' assimigliar nelle battaglie dianzi ;
Ma non s' assimigliar già così, dopo
Che con l' anel si fe' la Donna innanzi.
Attenta e fissa stava a quel ch' era uopo,
Acciò che nulla seco il Mago avanzi ;
E come vide che lo scudo aperse,
Chiuse gli occhi e lasciò quivi caderse.

Après qu'elle se fut exercée quelque temps
A cheval, il lui plut de se mettre à pied,
Pour mieux arriver à bout de ce dont
La prudente Fée l'avait instruite.
Le Magicien vient opérer le dernier charme,
Auquel il ne connaît ni ne croit de défense :
Il découvre l'écu, et pense pour sûr
La renverser, par la force du rayon magique.

Il pouvait bien le découvrir tout d'abord,
Sans tenir les Chevaliers en suspens :
Mais il aimait voir quelque belle joute,
Courir la lance ou manœuvrer l'épée ;
Ainsi l'on voit un Chat rusé
Se plaire à jouer avec la Souris ;
Puis, quand le jeu commence à l'ennuyer,
Donner le coup de dent et vouloir qu'elle meure.

Oui, le Magicien était le Chat, et les autres
La Souris, dans les précédentes batailles ;
Mais il n'y eut plus de ressemblance,
Quand avec l'anneau la Dame fut devant lui.
Elle est fixe, attentive à ce qu'elle doit faire,
Pour que le Magicien ne gagne rien sur elle,
Et dès qu'elle le voit découvrir l'écu,
Ferme les yeux et se laisse choir.

Non che il fulgor del lucido metallo,
Come soleva agli altri, a lei nocesse;
Ma così fece acciò che dal cavallo
Contra sè il vano Incantator scendesse :
Nè parte andò del suo disegno in fallo;
Chè tosto ch' ella il capo in terra messe,
Accelerando il volator le penne,
Con larghe ruote in terra a por si venne.

Lascia all' arcion lo scudo, che già posto
Avea nella coperta, e a piè discende
Verso la Donna che, come reposto
Lupo alla macchia, il capriolo attende.
Senza più indugio ella si leva tosto
Che l' ha vicino, e ben stretto lo prende :
Avea lasciato quel misero in terra
Il libro che facea tutta la guerra!

E con una catena ne correa,
Che solea portar cinta a simil uso,
Perchè non men legar colei credea,
Che per addietro altri legare era uso;
La Donna in terra posto già l' avea :
Se quel non si difese, io ben l'escuso;
Chè troppo era la cosa differente
Tra un debol vecchio e lei tanto possente.

Non que l'éclat du métal brillant
Comme aux autres lui eût fait mal ;
Mais elle agit ainsi pour que de son cheval
Vers elle descendît le Magicien désarmé :
Son espoir ne fut aucunement déçu,
Car sitôt qu'elle eut mis la face contre terre,
Le coursier, battant rapidement des ailes,
En larges cercles vint se poser sur le sol.

Il laisse pendu à l'arçon l'écu déjà replacé
Sous son voile, et à pied s'avance
Vers la Guerrière qui le guette, comme tapi
Derrière la haie le Loup guette le Chevreau.
Sans plus tarder, elle se redresse aussitôt
Qu'il est près d'elle, et l'étreint fortement :
Le malheureux avait laissé par terre
Le livre qui faisait toute sa puissance !

Il n'était accouru qu'avec une chaîne
Qu'il ceignait toujours en de telles occasions,
Croyant bien la lier non moins aisément
Que jusque-là il avait lié les autres ;
La Dame l'avait déjà jeté par terre :
S'il ne se défendit pas, je l'en excuse bien,
Car la partie était par trop inégale
Entre un débile vieillard et cette jeune femme si
    forte.

Disegnando levargli ella la testa,
Alza la man vittoriosa in fretta;
Ma poi che 'l viso mira, il colpo arresta,
Quasi sdegnando sì bassa vendetta.
Un venerabil Vecchio in faccia mesta
Vede esser quel ch' ella ha giunto alla stretta,
Che mostra al viso crespo e al pelo bianco,
Età di settanta anni, o poco manco.

— « Tommi la vita, Giovene, per Dio, »
Dicea il Vecchio pien d' ira e di dispetto ;
Ma quella a torla avea sì il cor restio,
Come quel di lasciarla avria diletto.
La Donna di sapere ebbe disio
Chi fosse il Negromante, ed a che effetto
Edificasse in quel luogo selvaggio
La Rocca, e faccia a tutto il mondo oltraggio.

— « Nè per maligna intenzione, ahi lasso! »
Disse piangendo il vecchio Incantatore,
« Feci la bella Rocca in cima al sasso,
» Nè per avidità son rubatore ;
» Ma per ritrar sol dall' estremo passo
» Un Cavalier gentil, mi mosse amore;
» Che, come il Ciel mi mostra, in tempo breve
» Morir Cristiano a tradimento deve.

Dans le dessein de lui couper la tête,
Elle levait déjà son bras victorieux ;
Mais le regardant en face, elle suspend son coup
Comme dédaigneuse d'une si basse vengeance.
C'est un vénérable Vieillard, au visage consterné,
Qu'elle se voit tenir si rudement sous elle.
Sa figure ridée, et sa barbe blanche
Annoncent soixante-dix ans, ou peu s'en faut.

— « Ote-moi la vie, jeune homme, pour Dieu ! »
Disait le Vieillard plein de colère et de dépit ;
Mais elle avait de la prendre aussi peu d'envie,
Qu'il aurait eu de joie à la quitter.
La Dame eut désir de savoir
Qui était ce Nécromant, dans quel but
Il avait construit, en ce lieu sauvage,
La Forteresse, et faisait outrage à tout le monde.

— « Ce n'est pas à mauvaise intention, hélas ! »
Disait en pleurant le vieil Enchanteur,
« Que j'ai bâti le beau Castel au faîte du rocher,
» Ni par avarice que je me suis fait voleur ;
» C'est pour préserver d'un danger mortel
» Un gentil Chevalier, que l'Amour m'y poussa.
» Comme le Ciel me le dévoile, à bref délai,
» Il doit mourir Chrétien, par trahison.

» *Non vede il Sol tra questo e il polo Austrino*
» *Un giovene si bello e sì prestante :*
» *Ruggiero ha nome, il qual da piccolino*
» *Da me nutrito fu, ch' io sono Atlante.*
» *Disio d' onore e suo fiero destino*
» *L'han tratto in Francia dietro al Re Agra-*
    mante ;
» *Ed io, che l' amai sempre più che figlio,*
» *Lo cerco trar di Francia e di periglio.*

» *La bella Rocca solo edificai*
» *Per tenervi Ruggier sicuramente;*
» *Che preso fu da me, come sperai*
» *Che fossi oggi tu preso similmente;*
» *E Donne e Cavalier che tu vedrai,*
» *Poi ci ho ridotti, ed altra nobil gente;*
» *Acciò che, quando a voglia sua non esca,*
» *Avendo compagnia men gli rincresca.*

» *Pur ch' uscir di là su non si domande,*
» *D'ogn' altro gaudio lor cura mi tocca;*
» *Chè quanto averne da tutte le bande*
» *Si può del Mondo, è tutto in quella Rocca :*
» *Suoni, canti, vestir, giuochi, vivande,*
» *Quanto può cor pensar, può chieder bocca.*
» *Ben seminato avea, ben coglieа il frutto;*
» *Ma tu sei giunto a disturbarmi il tutto.*

» Le Soleil ne voit pas, entre ce pôle et le pôle
    Austral,
» Jouvenceau si beau ni de telle prestance :
» Il a nom Roger, et dès son bas âge
» Fut nourri par moi, car je suis Atlant.
» Désir de gloire, et son fatal destin
» L'ont amené en France avec le Roi Agramant.
» Et moi qui l'aimai toujours plus qu'un fils,
» Je cherche à l'éloigner de France et du péril.

» Je n'ai construit la belle Forteresse
» Que pour y tenir Roger en sûreté ;
» Je l'ai fait prisonnier, comme j'espérais
» Te faire aujourd'hui de même prisonnier.
» Les Dames et Chevaliers que tu vas voir,
» Je les ai pris ensuite, et d'autres nobles gens,
» Pour que ne pouvant sortir à sa guise
» Il s'ennuyât moins, en bonne compagnie.

» Pourvu qu'ils ne demandent pas à s'en aller,
» Des autres agréments j'ai soin de les fournir ;
» Tout ce qu'on peut tirer de toutes les parties
» Du Monde, se trouve en cette Roche :
» Musique, chant, parures, jeux, bonne chère,
» Tout ce que peut désirer le cœur, demander la
    bouche.
» Bien avais-je semé, bien cueillais-je le fruit ;
» Mais tu es venu troubler tout mon ouvrage.

» *Deh! se non hai del viso il cor men bello,*
» *Non impedir il mio consiglio onesto!*
» *Piglia lo scudo (ch' io tel dono) e quello*
» *Destrier, che va per l' aria così presto;*
» *E non t' impacciar oltro nel Castello,*
» *O tranne uno o duo amici, e lascia il resto*
» *O tranne tutti gli altri, e più non chero*
» *Se non che tu mi lasci il mio Ruggiero.*

» *E se disposto sei volermel torre,*
» *Deh! prima almen che tu 'l rimeni in Francia*
» *Piacciati questa afflitta anima sciorre*
» *Della sua scorza ormai putrida e rancia!*
Rispose la Donzella : « *Lui vo' porre*
» *In libertà; tu, se sai, gracchia e ciancia;*
» *Nè mi offerir di dar lo scudo in dono,*
» *O quel destrier, che miei, non più tuoi sono*

» *Nè s'anco stesse a te di torre e darli,*
» *Mi parrebbe che 'l cambio convenisse.*
» *Tu di' che Ruggier tieni per vietarli*
» *Il male influsso di sue stelle fisse.*
» *O che non puoi saperlo o non schivarli,*
» *Sappiendol, ciò che 'l Ciel di lui prescrisse;*
» *Ma se 'l mal tuo, ch' hai sì vicin, non vedi,*
» *Peggio l' altrui ch' ha da venir, prevedi.*

Ah ! si ton âme est belle autant que ta figure,
Ne t'oppose point à mon honnête dessein !
Prends le bouclier (je te le donne), et aussi
Ce coursier qui fend rapidement les airs ;
Mais ne t'occupe pas davantage du Château
Ou tires-en un ou deux amis, et laisse le reste,
Ou délivre tous les autres, peu m'importe,
Pourvu que tu me laisses mon Roger.

Si tu es résolu de me l'enlever,
Hélas ! du moins, avant de le remener en France,
Veuille donc arracher cette âme misérable
De son enveloppe flétrie et desséchée. »
La Damoiselle répliqua : — « J'entends le mettre
En liberté ; toi, tant que tu voudras, crie et jase ;
Puis ne viens pas m'offrir ce bouclier en don,
Ni ce cheval ; ils sont miens, non plus tiens.

Quand tu pourrais encore les prendre ou les
        offrir,
L'échange ne me paraîtrait pas acceptable.
Tu dis que tu retiens Roger pour le soustraire
A la fatale influence des étoiles fixes ;
Mais, ou tu n'en sais rien ou tu ne peux éluder,
Même en la connaissant, la volonté du Ciel :
Si tu n'aperçois pas le danger qui te menace,
Encore moins peux-tu prévoir celui des autres

» *Non pregar ch' io t' uccida ; ch' i tuoi preghi*
» *Sariano indarno; e se pur vuoi la morte,*
» *Ancor che tutto il mondo dar la nieghi,*
» *Da se la può aver sempre animo forte.*
» *Ma pria che l' alma dalla carne sleghi,*
» *A tutti i tuoi prigioni apri le porte.* »
Così dice la Donna, e tuttavia
Il Mago preso incontra al sasso invia.

Legato della sua propria catena
N' andava Atlante, e la Donzella appresso ;
Che così ancor se ne fidava a pena,
Benchè in vista parea tutto rimesso.
Non molti passi dietro se lo mena,
Ch' a piè del monte han ritrovato il fesso,
E li scaglioni onde si monta in giro,
Fin ch' alla porta del Castel saliro.

Di su la soglia Atlante un sasso tolle,
Di caratteri e strani segni insculto.
Sotto vasi vi son, che chiamano Olle,
Che fuman sempre, e dentro han foco occulto.
L'Incantator le spezza : e a un tratto il colle
Riman deserto, inospite et inculto ;
Nè muro appar, nè torre in alcun lato,
Come se mai Castel non vi sia stato.

» Ne me supplie pas de te tuer ; tes prières
» Seraient vaines ; si tu désires la mort,
» Encore que tout le monde refuse,
» Un cœur ferme est maître de se la donner.
» Mais avant de délivrer ton âme de ton corps,
» A tous tes prisonniers ouvre les portes. »
Ainsi parle la Dame, et en même temps
Elle mène l'Enchanteur captif vers la Roche.

Lié avec sa propre chaîne,
Marchait Atlant, et près de lui la Damoiselle,
Car elle ne s'y fiait qu'à moitié,
Bien qu'il parût de mine tout à fait soumis.
Elle ne le mena pas bien loin derrière elle,
Sans trouver au pied du roc une ouverture
Et les degrés par où l'on monte en tournant,
Si bien qu'ils vinrent à la porte du Castel.

Du seuil, Atlant déplace une pierre
Creusée de lettres et de signes bizarres ;
Dessous sont des vases, appelés Urnes,
Qui fument toujours et renferment un feu caché.
L'Enchanteur les brise : aussitôt la montagne
Redevient déserte, sauvage et inculte :
Plus de mur n'apparaît, ni de tour nulle part,
Comme si de Castel il n'y avait jamais eu.

17

Sbrigossi dalla Donna il Mago allora,
Come fa spesso il tordo dalla ragna;
E con lui sparve il suo Castello a un' ora,
E lasciò in libertà quella compagna.
Le Donne e i Cavalier si trovar fuora
Delle superbe stanze alla campagna :
E furon di lor molte a chi ne dolse;
Chè tal franchezza un gran piacer lor tolse.

Quivi è Gradasso, quivi è Sacripante,
Quivi è Prasildo, il nobil Cavaliero,
Che con Rinaldo venne di Levante,
E seco Iroldo, il par d' amici vero.
Al fin trovò la bella Bradamante
Quivi il desiderato suo Ruggiero,
Che, poi che n' ebbe certa conoscenza,
Le fe' buona e gratissima accoglienza,

Come a colei che più che gli occhi sui,
Più che 'l suo cor, più che la propria vita
Ruggiero amò, dal dì ch' essa per lui
Si trasse l' elmo, onde ne fu ferita :
Lungo sarebbe a dir come, e da cui,
E quanto nella selva aspra e romita
Si cercar poi la notte e il giorno chiaro;
Nè, se non qui, mai più si ritrovaro.

Des mains de la Dame s'échappe alors l'Enchanteur
Comme la grive s'échappe du filet ;
Avec lui disparut son Château tout d'un coup,
Laissant en liberté ceux qu'il renfermait ;
Les Dames et les Chevaliers se trouvèrent
Hors de la splendide demeure, en plein champ,
Et beaucoup d'entre eux en furent mal contents,
Car cette délivrance les privait de grande chère.

Là se trouve Gradasse, et là Sacripant,
Là Prasilde, le noble Chevalier,
Qui avec Renaud était venu du Levant ;
Avec lui, Irolde, vraie paire d'amis.
Enfin la belle Bradamante rencontre là
Son Roger, tant désiré,
Qui, après l'avoir pour sûr reconnue,
Lui fit un bon et gracieux accueil,

Comme à celle que plus que ses yeux,
Plus que son cœur, plus que sa propre vie,
Roger adore, depuis le jour que pour lui
Elle ôta son casque et reçut une blessure :
Il serait long de dire comment, et de qui,
Puis que de temps, par l'âpre et sauvage forêt,
Ils se cherchèrent ensuite, nuit et jour,
Et, sinon à présent, jamais ne se trouvèrent.

Or che quivi la vede, e sa ben ch' ella
È stata sola la sua redentrice,
Di tanto gaudio ha pieno il cor, che appella
Se fortunato ed unico felice.
Scesero il monte, e dismontaro in quella
Valle, ove fu la Donna vincitrice,
E dove l' Ippogrifo trovaro anco,
Ch' avea lo scudo, ma coperto, al fianco.

La Donna va per prenderlo nel freno :
E quel l' aspetta fin che se gli accosta;
Poi spiega l' ale per l' aer sereno,
E si ripon non lungi a mezza costa.
Ella lo segue ; e quel nè più nè meno
Si leva in aria, e non troppo si scosta :
Come fa la cornacchia in secca arena,
Che dietro il cane or qua or là si mena.

Ruggier, Gradasso, Sacripante e tutti
Quei Cavalier che scesi erano insieme,
Chi di su, chi di giù, si son ridutti
Dove che torni il volatore han speme.
Quel, poi che gli altri invano ebbe condutti
Più volte, e sopra le cime supreme,
E negli umidi fondi tra quei sassi,
Presso a Ruggiero al fin ritenne i passi.

A cette heure qu'il la voit et sait bien
Qu'elle seule a été sa libératrice,
De tant de joie il a le cœur plein, qu'il se dit
L'unique fortuné, l'unique heureux.
Ils descendirent de la montagne dans cette vallée
Où la Dame avait été victorieuse,
Et ils y trouvèrent encore l'Hippogriffe,
Qui portait à l'arçon le bouclier, mais couvert.

La Dame va pour le prendre par la bride :
L'animal l'attend jusqu'à ce qu'elle l'approche,
Puis déploie ses ailes dans l'espace lumineux,
Et se pose non loin, à mi-côte.
Elle le suit ; l'autre, ni plus, ni moins,
S'élève en l'air, sans s'éloigner beaucoup :
Ainsi fait la corneille sur le sable aride
Quand devant le chien elle va de ci, de là.

Roger, Gradasse, Sacripant et tous les autres
Chevaliers, descendus ensemble,
L'un par ci, l'autre par là, se sont postés
Où ils croient que viendra le cheval ailé ;
Lui, après avoir en vain fait courir les autres
Fort longtemps, et sur les hautes cimes
Et dans les bas-fonds humides de ces roches,
Près de Roger enfin vint se poser.

E questa opera fu del vecchio Atlante,
Di cui non cessa la pietosa voglia
Di trar Ruggier del gran periglio instante :
Di ciò sol pensa, e di ciò solo ha doglia.
Però gli manda or l'Ippogrifo avante,
Perchè d'Europa con questa arte il toglia.
Ruggier lo piglia, e seco pensa trarlo;
Ma quel s'arretra, e non vuol seguitarlo.

Or di Frontin quell' animoso smonta,
(Frontino era nomato il suo destriero)
E sopra quel che va per l' aria, monta,
E con gli spron gli adizza il core altiero.
Quel corre alquanto, et indi i piedi ponta
E sale in verso il ciel, via più leggiero
Che 'l girifalco, a cui lieva il cappello
Il mastro a tempo, e fa veder l' augello.

La bella Donna, che sì in alto vede
E con tanto periglio il suo Ruggiero,
Resta attonita in modo, che non riede
Per lungo spazio al sentimento vero.
Ciò che già inteso avea di Ganimede
Ch' al Ciel fu assunto dal paterno impero,
Dubita assai che non accada a quello,
Non men gentil di Ganimede, e bello.

C'était un artifice du vieil Atlant
Qui ne cessait de vouloir, par pitié,
Soustraire Roger au péril imminent :
A cela seul il pense, de cela seul il s'inquiète.
Il lui dépêche donc l'Hippogriffe,
Pour l'enlever d'Europe, par ce moyen.
Roger s'en empare et croit pouvoir l'emmener ;
Mais l'Hippogriffe s'arrête et ne veut le suivre.

Alors l'intrépide descend de Frontin,
(Frontin était le nom de son cheval),
Monte sur celui qui fend les airs,
Et de l'éperon excite sa vigueur naturelle.
Le coursier galope un peu, puis se cabre,
Et pointe vers le ciel d'un vol plus rapide
Que le faucon à qui son maître, au moment,
Enlève le chaperon et fait voir l'oiseau.

La belle Dame, qui aperçoit si haut
Et en tel péril son Roger,
Reste épouvantée si fort, que de longtemps
Elle ne peut revenir au sentiment vrai.
Ce qu'elle avait entendu dire de Ganymède
Enlevé au Ciel du palais paternel,
Elle se demande si même chose n'arrive à son ami,
Non moins gentil ni beau que Ganymède.

Con gli occhi fissi al ciel lo segue, quanto
Basta il veder; ma poi che si dilegua
Sì, che la vista non può correr tanto,
Lascia che sempre l'animo lo segua.
Tuttavia con sospir, gemito e pianto
Non ha, nè vuol aver pace nè triegua.
Poi che Ruggier di vista se le tolse,
Al buon destrier Frontin gli occhi rivolse;

E si deliberò di non lasciarlo,
Che fosse in preda a chi venisse prima,
Ma di condurlo seco, e di poi darlo
Al suo signor, ch' anco veder pur stima.
Poggia l' augel, nè può Ruggier frenarlo:
Di sotto rimaner vede ogni cima
Ed abbassarsi in guisa, che non scorge
Dove è piano il terren, nè dove sorge.

Poi che sì ad alto vien, ch' un picciol punto
Lo può stimar chi dalla terra il mira,
Prende la via verso ove cade a punto
Il Sol, quando col Granchio si raggira;
E per l' aria ne va come legno unto
A cui nel mar propizio vento spira.
Lasciamlo andar, che farà buon cammino,
E torniamo a Rinaldo Paladino.

Les yeux fixés au ciel, elle le suit
Tant qu'elle peut le voir, mais lorsqu'il s'éloigne
Et que la vue ne peut plus l'atteindre,
Elle laisse son âme le suivre encore.
A ses soupirs, à ses plaintes, à ses larmes,
Elle ne veut donner ni repos ni trêve ;
Et quand Roger est hors de vue,
Sur le bon destrier Frontin elle jette ses regards ;

Elle se décide à ne pas l'abandonner,
De peur qu'il ne soit la proie de qui viendrait,
Elle veut l'emmener, puis le rendre
A son maître, qu'elle espère encore revoir.
L'Hippogriffe plane, Roger n'en est pas maître :
Au-dessous de lui il voit les plus hautes cimes
S'affaisser au point qu'il ne sait plus
Où le sol est uni, où il forme montagne.

Parvenu si haut qu'il ne paraît
Qu'un tout petit point, à qui le voit d'en bas,
Il fait route du côté où se couche
Le Soleil, quand il est dans le Scorpion ;
Il fend les airs comme le navire goudronné
Fend les flots, quand souffle un vent propice.
Laissons-le voyager, il fera bon chemin,
Et retournons au Paladin Renaud.

Rinaldo l' altro e l' altro giorno scorse,
Spinto dal vento, un gran spazio di mare,
Quando a Ponente e quando contra l'Orse,
Che notte e dì non cessa mai soffiare.
Sopra la Scozia ultimamente sorse,
Dove la selva Calidonia appare,
Che spesso fra gli antiqui ombrosi cerri
S' ode sonar di bellicosi ferri.

Vanno per quella i Cavalieri erranti,
Incliti in arme, di tutta Bretagna,
E de' prossimi luoghi e de' distanti,
Di Francia, di Norvegia e di Lamagna.
Chi non ha gran valor non vada innanti:
Chè dove cerca onor morte guadagna.
Gran cose in essa già fece Tristano,
Lancilotto, Galasso, Artù e Galvano;

Ed altri Cavalieri e della nova
E della vecchia Tavola famosi:
Restano ancor di più d' una lor prova
Li monumenti e li trofei pomposi.
L' arme Rinaldo e il suo Baiardo trova,
E tosto si fa por nei liti ombrosi:
Ed al nocchier comanda che si spicche,
E lo vada aspettar a Beroicche.

Renaud avait parcouru, un jour puis l'autre,
Battu par la tempête, large étendue de mer ;
Car, tantôt du Ponant, tantôt du côté de l'Ourse,
Jour et nuit, le vent ne cessait de souffler.
En Écosse finalement il aborda,
Où se montre la forêt Calédonienne,
Qui souvent, sous ses vieux chênes ombreux,
Résonne du bruit des armes guerrières.

Là, se promènent les Chevaliers errants,
Les plus belles lances de toute la Bretagne,
Des lieux d'alentour et même de plus loin,
De France, de Norvège et d'Allemagne.
Qui n'a grand courage n'aille pas plus avant :
Cherchant la gloire, il trouverait la mort.
En cette forêt ont fait de grandes choses Tristan,
Lancelot, Galas, Artus et Galvan,

Et bien d'autres Chevaliers, dans la nouvelle
Comme dans l'ancienne Table Ronde fameux.
Subsistent encore de plus d'un de leurs exploits
Les monuments et les pompeux trophées.
Renaud trouve ses armes, son Bayard,
Et tôt se fait mener sur l'ombreux rivage :
Au pilote il ordonne de se dépêcher
Et d'aller l'attendre à Berwich.

Senza scudiero e senza compagnia
Va il Cavalier per quella selva immensa,
Facendo or una ed or un' altra via,
Dove più aver strane avventure pensa.
Capitò il primo giorno a una Badia
Che buona parte del suo aver dispensa
In onorar nel suo Cenobio adorno
Le Donne e i Cavalier che vanno attorno.

Bella accoglienza i Monachi e l'Abate
Fero a Rinaldo, il qual domandò loro
(Non prima già che con vivande grate
Avesse avuto il ventre amplo ristoro),
Come dai Cavalier sien ritrovate
Spesso avventure per quel tenitoro;
Dove si possa in qualche fatto egregio
L'uom dimostrar se merta biasmo o pregio.

Risposongli ch' errando in quelli boschi
Trovar potria strane avventure e molte;
Ma come i luoghi, i fatti ancor son foschi,
Che non se n'ha notizia le più volte.
« Cerca, » diceano, « andar dove conoschi
» Che l'opre tue non restino sepolte,
» Acciò dietro al periglio e alla fatica
» Segua la Fama, e il debito ne dica.

Sans écuyer et sans escorte,
S'enfonce le Chevalier dans cette forêt immense,
Suivant tantôt un chemin, tantôt un autre,
Selon qu'il pense avoir plus étrange hasard.
Il gagna, le premier jour, une Abbaye
Qui de son revenu la meilleure part dépense
A bien recevoir, dans son beau Cloître,
Dames et Chevaliers qui viennent à l'entour.

Les Moines et l'Abbé firent bel accueil
A Renaud, lequel leur demanda
(Non sans s'être d'abord de bonne chère
Bien amplement repu le ventre),
Comme les Chevaliers faisaient pour rencontrer
Quelque aventure, en ce territoire ;
Où l'on pourrait, par quelque beau coup,
Montrer si l'on mérite le blâme ou l'estime.

Ils lui répondirent qu'errant dans ce bois
Il trouverait maintes étranges aventures ;
Mais, comme le pays, les exploits sont cachés,
Et le plus souvent nul n'en a connaissance.
« Tâche, » lui dirent-ils, « d'aller où tu saches
» Que tes hauts faits ne resteront ensevelis,
» Afin qu'après le péril et la fatigue
» Vienne la Renommée, qui en rende bon compte.

18

» *E se del tuo valor cerchi far prova,*
» *T'è preparata la più degna impresa*
» *Che nell'antiqua etade o nella nova*
» *Giammai da Cavalier sia stata presa.*
» *La figlia del Re nostro or si ritrova*
» *Bisognosa d'aiuto e di difesa*
» *Contra un Baron che Lurcanio si chiama,*
» *Che tor le cerca e la vita e la fama.*

» *Questo Lurcanio al padre l'ha accusata*
» *(Forse per odio più che per ragione)*
» *Averla a mezza notte ritrovata*
» *Trarr' un suo amante a se sopra un verone.*
» *Per le leggi del Regno condannata*
» *Al foco fia, se non trova Campione*
» *Che fra un mese, oggimai presso a finire,*
» *L'iniquo accusator faccia mentire.*

» *L'aspra legge di Scozia, empia e severa,*
» *Vuol ch'ogni Donna, e di ciascuna sorte,*
» *Ch'ad uom si giunga e non gli sia mogliera,*
» *S'accusata ne viene, abbia la morte.*
» *Nè riparar si può ch'ella non pera,*
» *Quando per lei non venga un Guerrier forte*
» *Che tolga la difesa, e che sostegna*
» *Che sia innocente e di morire indegna.*

» Et si de ta valeur tu cherches à faire preuve
» Il t'est réservé la plus digne entreprise
» Qui, dans l'âge ancien ou dans le nouveau,
» Jamais à Chevalier ait été offerte.
» La fille de notre Roi se trouve à cette heure
» Avoir besoin d'aide et de défense
» Contre un Baron qui Lurcain se nomme,
» Et cherche à lui ôter la vie et l'honneur.

» Ce Lurcain l'a devant son père accusée
» (Peut-être par haine plus qu'à bon droit),
» De l'avoir à la minuit surprise
» Faisant monter un sien amant, sur un balcon.
» Par les lois du Royaume, elle sera condamnée
» Au feu, si elle ne trouve un Champion
» Qui avant un mois, et ce mois est près de finir,
» Fasse rétracter l'inique accusateur.

» La dure loi d'Écosse, impie et sévère,
» Veut que toute Dame, de quelque condition,
» Qui s'unit à un homme, sans être son épouse,
» Si elle en est accusée, reçoive la mort.
» Impossible de faire qu'elle ne périsse,
» S'il ne se présente pour elle un vaillant Guerrier
» Qui prenne sa défense, et soutienne
» Qu'elle est innocente et non digne de mort.

» *Il Re, dolente per Ginevra bella*
» *(Che così nominata è la sua figlia),*
» *Ha pubblicato per città e castella,*
» *Che s' alcun la difesa di lei piglia,*
» *E che l'estingua la calunnia fella,*
» *(Pur che sia nato di nobil famiglia)*
» *L' avrà per moglie, ed uno siato, quale*
» *Fia convenevol dote a Donna tale.*

» *Ma se fra un mese alcun per lei non viene,*
» *O, venendo, non vince, sarà uccisa.*
» *Simile impresa meglio ti conviene*
» *Ch' andar pei boschi errando a questa guisa.*
» *Oltre ch' onor e fama te n' avviene,*
» *Ch' in eterno da te non fia divisa,*
» *Guadagni il fior di quante belle Donne*
» *Dall' Indo sono all' Atlantee Colonne;*

» *E una ricchezza appresso, et uno stato*
» *Che sempre far ti può viver contento,*
» *E la grazia del Re, se suscitato*
» *Per te gli fia il suo onor, ch' è quasi spento.*
» *Poi per Cavalleria tu se' ubbligato*
» *A vendicar di tanto tradimento*
» *Costei, che per comune opinione*
» *Di vera pudicizia è un paragone.* »

» Le Roi, affligé pour la belle Genièvre
» (C'est ainsi que se nomme sa fille),
» A fait proclamer par les villes et châteaux,
» Que si quelqu'un veut prendre sa défense,
» Et mettre à néant l'infâme calomnie
» (Pourvu qu'il soit né de noble famille),
» Il la recevra pour femme, avec tel apanage
» Que de raison, pour dot d'une telle Damoiselle.

» Mais si durant un mois personne ne se présente,
» Ou si qui se présente est vaincu, elle périra.
» Semblable entreprise te convient mieux
» Que d'aller par les bois errant de cette sorte.
» Outre qu'il t'en revient un honneur, une gloire,
» Inséparables à jamais de ton nom,
» Tu gagnes la fleur de tout ce que de belles Dames
» Il y a des Indes aux Colonnes Atlantiques.

» Sans compter une richesse et un état
» A toujours te faire vivre heureux,
» Et la faveur du Roi, si tu relèves
» Son honneur, quasi gisant à terre.
» Puis, par Chevalerie, tu es tenu
» De venger d'une si énorme trahison
» Cette jeune fille qui, de l'avis commun,
» Est un parangon d'insigne chasteté. »

18.

Pensò Rinaldo alquanto, e poi rispose :
— « Una Donzella dunque de' morire
» Perchè lasciò sfogar nell' amorose
» Sue braccia al suo amator tanto desire?
» Sia maladetto chi tal legge pose,
» E maladetto chi la può patire!
» Debitamente muore una crudele,
« Non chi dà vita al suo amator fedele.

» Sia vero o falso che Ginevra tolto
» S' abbia il suo amante, io non riguardo a questo;
» D' averlo fatto la loderei molto,
» Quando non fosse stato manifesto.
» Ho in sua difesa ogni pensier rivolto :
» Datemi pur un, che mi guidi presto,
» E dove sia l' accusator mi mene;
» Ch' io spero in Dio Ginevra trar di pene.

» Non vo' già dir ch' ella non l' abbia fatto :
» Chè nol sappiendo, il falso dir potrei;
» Dirò ben che non de' per simil atto
» Punizion cadere alcuna in lei;
» E dirò che fu ingiusto o che fu matto
» Chi fece prima gli statuti rei;
» E come iniqui rivocar si denno,
» E nuova legge far con miglior senno.

Renaud songea un peu, puis répondit :
— « Donc une Damoïselle doit périr
» Pour avoir laissé dans ses bras amoureux
» Son amant satisfaire son plus grand désir ?
» Maudit soit-il qui telle loi a faite
» Et maudit qui la peut souffrir!
» Fort justement meurt femme cruelle,
» Mais non qui donne vie à son fidèle amant.

» Qu'il soit vrai ou faux que Genièvre ait tenu
» L'échelle à son amant, je n'y regarde pas.
» D'avoir ainsi agi je la louerais fort,
» Si la chose n'était devenue publique.
» A la défendre s'applique tout mon penser :
» Donnez-moi seulement vite un guide,
» Qui me mène où se tient l'accusateur ;
» J'espère en Dieu tirer de peine Genièvre.

» Je ne veux pas dire qu'elle ne l'ait pas fait :
» N'en sachant rien, je pourrais mentir ;
» Mais je dis qu'il ne doit, pour cela,
» Lui échoir punition aucune.
» Et j'ajoute qu'il est injuste et fou
» Celui qui le premier a porté ces lois absurdes.
» On les doit révoquer comme iniques,
» Et en faire de nouvelles, de plus de bon sens.

» *S' un medesimo ardor, s' un desir pare*
» *Inchina e sforza l' uno e l' altro sesso*
» *A quel soave fin d' Amor, che pare*
» *All' ignorante volgo un grave eccesso;*
» *Perchè si de' punir donna, o biasmare,*
» *Che con uno o più d' uno abbia commesso*
» *Quel che l'uom fa con quante n' ha appetito,*
» *E lodato ne va, non che impunito?*

» *Son fatti in questa legge disuguale*
» *Veramente alle Donne espressi torti,*
» *E spero in Dio mostrar che gli è gran ma*
» *Che tanto lungamente si comporti.* »
Rinaldo ebbe il consenso universale,
Chè fur li antiqui ingiusti e male accorti,
Che consentiro a così iniqua legge,
E mal fa il Re che può, nè la corregge.

Poichè la luce candida e vermiglia
Dell' altro giorno aperse l' emispero,
Rinaldo l' arme e il suo Baiardo piglia,
E di quella Badia tolle un scudiero,
Che con lui viene a molte leghe e miglia,
Sempre nel bosco orribilmente fiero,
Verso la terra ove la lite nuova
Della Donzella de' venir in pruova.

Si une même ardeur, un désir pareil
Entraîne et pousse l'un et l'autre sexe
A cette douce fin d'Amour, qui semble
A l'ignorant vulgaire un gros péché,
Pourquoi punir ou blâmer la femme
Qui avec un ou plus aura commis la chose
Que fait l'homme avec toutes celles qu'il veut,
Ce dont on le loue, bien loin de le punir ?

En vérité, dans cette loi partiale,
On a fait aux Dames des torts formels,
Et j'espère en Dieu montrer que c'est grand abus
De s'être comporté si longtemps de la sorte. »
Renaud obtint l'assentiment de tous :
Les anciens furent injustes et mal avisés,
D'avoir consenti à cette inique loi,
Et mal agit le Roi, qui peut et ne l'abroge.

Lorsque l'aurore blanche et rose
Du jour suivant éclaira l'hémisphère,
Renaud prit ses armes, son Bayard,
Et de cette Abbaye emmena un écuyer
Qui l'accompagna bien des lieues et des milles,
Toujours par la forêt horriblement sauvage,
Vers le pays où l'étrange combat
De la Damoiselle doit prouver l'innocence.

Avean, cercando abbreviar cammino,
Lasciato pel sentier la maggior via,
Quando un gran pianto udir sonar vicino,
Che la foresta d' ogn' intorno empia.
Baiardo spinse l' un, l' altro il ronzino
Verso una valle onde quel grido uscia;
E fra dui mascalzoni una Donzella
Vider, che di lontan parea assai bella;

Ma lacrimosa e addolorata, quanto
Donna o Donzella o mai persona fosse.
Le sono dui col ferro nudo a canto,
Per farle far l' erbe di sangue rosse.
Ella con preghi differendo alquanto
Giva il morir, sin che pietà si mosse.
Venne Rinaldo; e come se n' accorse,
Con alti gridi e gran minacce accorse.

Voltaro i Malandrin tosto le spalle,
Che 'l soccorso lontan vider venire,
E si appiattar nella profonda valle.
Il Paladin non gli curò seguire:
Venne alla Donna, e qual gran colpa dalle
Tanta punizion cerca d'udire;
E per tempo avanzar, fa allo scudiero
Levarla in groppa, e torna al suo sentiero.

ı avaient, en voulant abréger le chemin,
uitté pour un sentier la grande route,
orsqu'ils entendirent tout près un grand cri
ui retentit dans la forêt entière.
un éperonne Bayard, l'autre son roussin,
ı côté d'un vallon d'où partait ce cri.
ı entre deux vauriens ils aperçurent
ıe Damoiselle qui de loin semblait fort jolie;

ais toute en larmes et désolée, comme
ame ou Damoiselle ou personne ne le fut jamais.
es deux hommes sont près d'elle, le fer nu,
êts à faire rougir l'herbe de son sang.
lle, à force de prières, tâche de différer
ı peu son trépas, que la pitié leur vienne.
enaud accourt, et, dès qu'il voit la chose,
élance en proférant des cris et des menaces.

es deux Malandrins tournèrent vite le dos
ı voyant de loin arriver le secours,
t se tapirent dans la vallée profonde ;
e Paladin n'eut cure de les suivre :
s'approche de la Dame et cherche à savoir
e quel grand crime elle recevait le châtiment.
our gagner du temps, il dit à l'écuyer
e la prendre en croupe, et regagne le sentier.

E cavalcando poi meglio la guata
Molto esser bella e di maniere accorte,
Ancor che fosse tutta spaventata
Per la paura ch' ebbe della morte.
Poi ch' ella fu di nuovo domandata
Chi l' avea tratta a sì infelice sorte,
Incominciò con umil voce a dire
Quel ch' io vo' all' altro Canto differire.

En chevauchant, de plus près il la regarde :
Elle est fort belle et de bonnes façons,
Encore qu'elle fût toute épouvantée
De la peur qu'elle avait eu de mourir.
Après qu'il lui eut de nouveau demandé
Qui l'avait réduite à si triste sort,
D'une voix humble elle se mit à dire
Ce que je veux ajourner à l'autre Chant.

ROLAND FURIEUX

CHANT CINQUIÈME

SOMMAIRE

Renaud apprend de Dalinde l'histoire de Genièvre; — Amours de Dalinde et de Polinesse; — Amours de Genièvre et d'Ariodant; — Polinesse fait prendre à Dalinde les habits de Genièvre; — Ariodant trompé s'enfuit et se jette dans la mer; — Lurcain accuse Genièvre et s'offre de prouver son crime en combat singulier; — Un Chevalier inconnu relève son défi; — Arrivée de Renaud; il arrête le combat; — Il force Polinesse à descendre dans la lice, et le tue.

CANTO QUINTO

~~~~

Tutti gli altri animai che sono in terra,
O che vivon quieti e stanno in pace,
O se vengono a rissa e si fan guerra,
Alla femina il maschio non la face.
L' orsa con l' orso al bosco sicura erra;
La leonessa appresso il leon giace;
Col lupo vive la lupa sicura,
Nè la giuvenca ha del torel paura.

Ch' abominevol peste, che Megera
È venuta a turbar gli umani petti,
Che si sente il marito e la mogliera
Sempre garrir d' ingiuriosi detti,
Stracciar la faccia e far livida e nera,
Bagnar di pianto i geniali letti;
E non di pianto sol, ma alcuna volta
Di sangue gli ha bagnati l' ira stolta?

CHANT CINQUIÈME

~~~

Tous les autres animaux qui sont sur la terre,
Ou bien vivent tranquilles et restent en paix,
Ou s'ils en viennent aux coups et se font la guerre,
Jamais à la femelle le mâle ne la fait.
L'ourse avec l'ours erre en paix dans les bois,
La lionne près du lion se couche ;
Avec le loup la louve vit en sûreté,
Et jamais la génisse n'a peur du taureau.

Quelle abominable peste, quelle Mégère
Est donc venue troubler le cœur des humains,
Que l'on voit le mari et la femme
Partout s'accabler de reproches injurieux,
Se meurtrir la figure, s'y faire des bleus et des
    noirs,
Baigner de larmes la couche nuptiale,
Et pas seulement de larmes, mais aucunes fois
La baigner de sang leur rage folle ?

19.

Parmi non sol gran mal, ma che l' uom faccia
Contra natura, e sia di Dio ribello,
Che s' induce a percuotere la faccia
Di bella Donna, o romperle un capello :
Ma chi le dà veneno, o chi le caccia
L' alma del corpo, con laccio o coltello,
Ch' uomo sia quel non crederò in eterno,
Ma in vista umana un spirto dell' Inferno.

Cotali esser doveano i due ladroni
Che Rinaldo cacciò dalla Donzella,
Da lor condotta in quei scuri valloni
Perchè non se n' udisse più novella.
Io lasciai ch' ella render le cagioni
S' apparecchiava di sua sorte fella
Al Paladin che le fu buono amico;
Or, seguendo l' istoria, così dico.

La Donna incominciò : « Tu intenderai
» La maggior crudeltade e la più espressa,
» Ch' in Tebe o in Argo, o ch' in Micene mai,
» O in loco più crudel fosse commessa.
» E se rotando il Sole i chiari rai,
» Qui men ch' all' altre region s' appressa,
» Credo ch' a noi mal volentieri arrivi,
» Perchè veder sì crudel gente schivi.

Ce n'est pas seulement un crime, ce me semble,
Mais c'est contre nature ; et il défie Dieu,
L'homme qui se permet de frapper au visage
Une belle Dame, ou de lui rompre un cheveu :
Celui qui l'empoisonne, ou qui lui fait sortir
L'âme du corps, avec le lacet ou le couteau,
Je ne croirai jamais qu'il soit un homme ;
C'est, sous la forme humaine, un démon de
    l'Enfer.

Tels devaient être les deux larrons
Que Renaud chassa d'auprès la Damoiselle,
Par eux entraînée en ces vallons ténébreux
Pour que jamais on n'en ouït nouvelle.
Je l'ai laissée comme elle se disposait
A dire les raisons de son infortune
Au Paladin, qui lui avait été bon ami ;
Or, poursuivons maintenant notre histoire.

La Dame commença : « Tu vas apprendre
» La plus grande cruauté, la plus abominable,
» Qui en Thèbes, en Argos, en Mycène,
» En lieu plus barbare encore fut jamais
    commise ;
» Et si le Soleil, dans son cercle radieux,
» Approche moins de cette contrée que des autres,
» C'est que, je crois, il vient ici mal volontiers,
» Et s'évite de voir une race si féroce.

» *Ch' agli nemici gli uómini sien crudi,*
» *In ogni età se n'è veduto esempio;*
» *Ma dar la morte a chi procuri e studi*
» *Il tuo ben sempre, è troppo ingiusto ed empio;*
» *E acciò che meglio il vero io ti denudi,*
» *Perchè costor volessero far scempio*
» *Degli anni verdi miei, contra ragione,*
» *Ti dirò da principio ogni cagione.*

» *Voglio che sappi, Signor mio, ch' essendo*
» *Tenera ancora, alli servigi venni*
» *Della figlia del Re, con cui crescendo,*
» *Buon luogo in Corte ed onorato tenni.*
» *Crudele Amore al mio stato invidendo,*
» *Fe' che seguace, ahi lassa! gli divenni;*
» *Fe' d' ogni Cavalier, d' ogni Donzello*
» *Parermi il Duca d' Albania più bello.*

» *Perchè egli mostrò amarmi più che molto,*
» *Io ad amar lui con tutto il cor mi mossi.*
» *Ben s' ode il ragionar, si vede il volto,*
» *Ma dentro il petto mal giudicar puossi.*
» *Credendo, amando, non cessai che tolto*
» *L' ebbi nel letto; e non guardai ch' io fossi,*
» *Di tutte le Real camere, in quella*
» *Che più secreta avea Ginevra bella;*

» Qu'aux ennemis les hommes soient cruels,
» Dans tous les âges on en a vu l'exemple;
» Mais donner la mort à qui ne veut et cherche
» Que ton bonheur, c'est trop injuste, trop impie.
» Et afin de te mieux dévoiler le vrai,
» Touchant ceux qui voulaient faire carnage
» De mes vertes années, contre toute raison,
» Je vais t'en dire la cause, dès le commencement.

» Je veux que tu saches, mon Seigneur,
» Qu'encore toute jeune, je vins au service
» De la fille du Roi; grandissant avec elle
» Je tins à la Cour bon et honorable rang.
» Le cruel Amour enviant mon bonheur
» Fit que je devins, hélas! son esclave;
» Que de tout Cavalier, de tout Damoiseau
» Le Duc d'Albanie me parut le plus beau.

» Parce qu'il faisait montre de m'adorer,
» Je me mis à l'aimer de toute mon âme.
» Bien s'entend le parler, bien se voit le visage,
» Mais du fond du cœur mal se peut juger.
» Crédule, amoureuse, je n'eus point de cesse
» Que je ne l'eusse dans mon lit, sans prendre
    garde
» Que des chambres Royales j'étais en celle
» Dont faisait son logis secret la belle Genièvre;

» *Dove tenea le sue cose più care,*
» *E dove le più volte ella dormia.*
» *Si può di quella in s'un verone entrare,*
» *Che fuor del muro al discoperto uscia.*
» *Io facea il mio amator quivi montare,*
» *E la scala di corde onde salia,*
» *Io stessa dal veron giù gli'mandai,*
» *Qual volta meco averlo desiai.*

» *Chè tante volte ve lo fei venire,*
» *Quante Ginevra me ne diede l'agio;*
» *Che solea mutar letto, or per fuggire*
» *Il tempo ardente, or il brumal malvagio.*
» *Non fu veduto d'alcun mai salire;*
» *Però che quella parte del Palagio*
» *Risponde verso alcune case rotte,*
» *Dove nessun mai passa, o giorno o notte.*

» *Continuò per molti giorni e mesi*
» *Tra noi secreto l'amoroso gioco;*
» *Sempre crebbe l'amore; e si m'accesi,*
» *Che tutta dentro io mi sentia di foco :*
» *E cieca ne fui sì, ch'io non compresi*
» *Ch'egli fingeva molto e amava poco,*
» *Ancor che li suo' inganni discoperti*
» *Esser doveanmi a mille segni certi.*

» Elle y renfermait ses objets précieux
» Et le plus souvent elle y dormait.
» De cette chambre on peut aller sur un balcon
» Qui hors du mur s'avance à découvert.
» J'y faisais monter mon amant,
» Et l'échelle de corde par laquelle il grimpait
» Je la lui jetais moi-même du balcon,
» Chaque fois qu'en mes bras je désirais l'avoir.

» Aussi souvent l'ai-je fait venir
» Que Genièvre m'en donna l'occasion;
» Elle aimait à changer de lit, pour fuir
» Les ardeurs du soleil ou le brouillard malsain.
» Personne ne le vit jamais monter,
» Parce que cette partie du Palais
» Donne sur des masures en ruines,
» Où nul ne passe, de jour ou de nuit.

» Des jours et des mois entiers dura
» Secret entre nous, l'amoureux manège.
» Mon amour s'accrut; je m'enflammai tant
» Qu'en dedans de moi je me sentais tout feu.
» Aveugle que j'étais, je ne m'aperçus pas
» Que le Duc, s'il feignait beaucoup, aimait peu,
» Encore bien que ses tromperies
» Dussent m'être visibles, à mille indices sûrs.

» *Dopo alcun dì si mostrò nuovo amante*
» *Della bella Ginevra. Io non so appunto*
» *S' allora cominciasse, o pur innante*
» *Dell' amor mio, n' avesse il cor già punto.*
» *Vedi s' in me venuto era arrogante,*
» *S' imperio nel mio cor s' aveva assunto :*
» *Che mi scoperse, e non ebbe rossore*
» *Chiedermi aiuto in questo nuovo amore.*

» *Ben mi dicea ch' uguale al mio non era,*
» *Nè vero amor quel ch' egli avea a costei;*
» *Ma simulando esserne acceso, spera*
» *Celebrarne i legittimi imenei.*
» *Dal Re ottenerla fia cosa leggiera,*
» *Qualor vi sia la volontà di lei,*
» *Chè di sangue e di stato, in tutto il Regno,*
» *Non era, dopo il Re, di lui più degno.*

» *Mi persuade, se per opra mia*
» *Potesse al suo Signor genero farsi*
» *(Chè veder posso che se n' alzeria*
» *A quanto presso al Re possa uomo alzarsi),*
» *Che me n' avria buon merto, e non saria*
» *Mai tanto beneficio per scordarsi;*
» *E ch' alla moglie, e ch' ad ogn' altro innante,*
» *Mi porrebbe egli, in sempre essermi amante.*

» Quelque temps après, il se déclara l'amant
» De la belle Genièvre. Je ne sais pas au juste
» S'il commençait pour lors, ou s'il en avait eu
» Avant que de m'aimer le cœur épris.
» Mais juge s'il prenait avec moi de l'audace,
» S'il s'était emparé puissamment de mon cœur :
» Il s'ouvrit à moi et ne rougit pas
» De requérir mon aide, en ce nouvel amour.

» Il disait bien qu'égal au mien n'était,
» Ni sincère, l'amour qu'il lui portait, à elle,
» Mais que, feignant d'en brûler, il espérait
» Se l'attacher en légitime hymen.
» L'obtenir du Roi, c'était une bagatelle,
» Quel que fût le vouloir de Genièvre,
» Car en naissance et en état, dans tout le Royaume,
» Pas un, hors le Roi, ne le primait.

» Il me persuada que si, par mon ouvrage,
» Il arrivait à être le gendre de son Prince
» (Et je voyais bien qu'il monterait aussi haut
» Qu'homme puisse s'élever après le Roi),
» Il m'en saurait bon gré et n'était pas
» Pour oublier jamais un tel service ;
» Qu'à son épouse et à toute autre femme
» Il me préfèrerait, et serait toujours mon amant.

20

» *Io ch' era tutta a satisfargli intenta*
» *Nè seppi o volsi contradirgli mai,*
» *E sol quei giorni io mi vidi contenta,*
» *Ch' averlo compiaciuto mi trovai,*
» *Piglio l' occasion che s' appresenta*
» *Di parlar d' esso e di lodarlo assai,*
» *Ed ogni industria adopro, ogni fatica,*
» *Per far del mio amator Ginevra amica.*

» *Feci col core e con l' effetto tutto*
» *Quel che far si poteva, e sallo Iddio;*
» *Nè con Ginevra mai potei far frutto,*
» *Ch' io le ponessi in grazia il Duca mio :*
» *E questo, chè ad amar ella avea indutto*
» *Tutto il pensiero e tutto il suo disio*
» *Un gentil Cavalier, bello e cortese,*
» *Venuto in Scozia di lontan paese;*

» *Che con un suo fratel ben giovinetto*
» *Venne d'Italia a stare in questa Corte :*
» *Si fe' nell' arme poi tanto perfetto,*
» *Che la Bretagna non avea il più forte.*
» *Il Re l' amava, e ne mostrò l'effetto;*
» *Chè gli donò di non picciola sorte*
» *Castella e ville e juridizioni,*
» *E lo fe' grande al par dei gran Baroni.*

» Moi qui ne songeais qu'à lui complaire

» Et ne sus ni voulus le contrarier jamais,

» Moi qui n'étais heureuse que les jours

» Où j'avais réussi à lui être agréable,

» Je saisis l'occasion qui se présente

» De parler de lui, d'en faire maint éloge,

» Et j'use toute mon industrie, toute mon adresse,

» A faire de Genièvre l'amie de mon amant.

» Je fis de bon cœur et réellement

» Ce qui était possible, Dieu le sait bien ;

» Mais avec Genièvre je ne pus réussir

» A mettre mon Duc en ses bonnes graces :

» Et cela, parce qu'elle avait concentré

» Tout son penser et tout son désir

» Sur un gentil Chevalier, bel et courtois,

» Venu en Écosse, de lointain pays ;

» Avec un sien frère, tout jeune garçon,

» Il vint d'Italie séjourner en cette Cour,

» Puis s'était rendu si habile aux armes,

» Que la Bretagne n'en avait pas de plus vaillant.

» Le Roi l'aimait et le lui prouva bien,

» Car il lui donna, et cela sans compter,

» Châteaux, villes, gouvernements,

» Et le fit grand à l'égal des grands Barons.

» *Grato era al Re, più grato era alla figlia*
» *Quel Cavalier, chiamato Ariodante,*
» *Per esser valoroso a maraviglia;*
» *Ma più, ch' ella sapea che l' era amante.*
» *Nè Vesuvio, nè il monte di Siciglia,*
» *Nè Troia avvampò mai di fiamme tante,*
» *Quante ella conoscea che per suo amore*
» *Ariodante ardea per tutto il core.*

» *L' amar che dunque ella facea colui*
» *Con cor sincero e con perfetta fede,*
» *Fe' che pel Duca male udita fui,*
» *Nè mai risposta da sperar mi diede:*
» *Anzi quanto io pregava più per lui,*
» *E gli studiava d' impetrar mercede,*
» *Ella, biasmandol sempre e dispregiando,*
» *Se gli venia più sempre inimicando.*

» *Io confortai l' amator mio sovente*
» *Che volesse lasciar la vana impresa;*
» *Nè si sperasse mai volger la mente*
» *Di costei, troppo ad altro amore intesa:*
» *E gli feci conoscer chiaramente,*
» *Come era sì d' Ariodante accesa,*
» *Che quanta acqua è nel mar, picciola dramma*
» *Non spegneria della sua immensa fiamma.*

» Il était cher au Roi, plus cher à sa fille,
» Ce Chevalier, appelé Ariodant,
» Pour être valeureux à merveille,
» Et plus encore, parce qu'elle savait en être aimée.
» Ni le Vésuve, ni le mont de Sicile,
» Ni Troie, ne brûlèrent jamais de tant de feux,
» Elle le savait bien, que pour elle
» Ariodant ne se consumait le cœur.

» L'amour donc qu'elle entretenait avec lui
» De cœur sincère et de fidélité parfaite,
» Fit que pour le Duc je fus mal écoutée,
» Et que jamais ne me donna un mot d'espoir :
» Bien loin, plus je l'implorais en sa faveur,
» Et m'efforçais de lui gagner merci,
» Plus elle avait pour lui de blâme, de dédain,
» Et lui devenait davantage ennemie.

» Je suppliai maintes fois mon amant
» D'abandonner sa vaine entreprise;
» De renoncer à changer le vouloir
» De Genièvre, trop occupée d'un autre amour :
» Et je le lui fis connaître clairement
» Comme elle était, pour Ariodant, si embrasée,
» Que toute l'eau de la mer n'aurait éteint
» De sa flamme immense, large comme un liard.

20.

» *Questo da me più volte Polinesso*
» *(Che così nóme ha il Duca) avendo udito,*
» *E ben compreso e visto per se stesso*
» *Che molto male era il suo amor gradito;*
» *Non pur di tanto amor si fu rimesso,*
» *Ma di vedersi un altro preferito,*
» *Come superbo, così mal sofferse,*
» *Che tutto in ira e in odio si converse.*

ı *E tra Ginevra e l' amator suo pensa*
» *Tanta discordia e tanta lite porre,*
» *E farvi inimicizia così intensa,*
» *Che mai più non si possino comporre;*
» *E por Ginevra in ignominia immensa,*
» *Donde non s' abbia o viva o morta a torre :*
» *Nè dell' iniquo suo disegno meco*
» *Volse o con altri ragionar, che seco.*

» *Fatto il pensier : — Dalinda mia, — mi dice,*
» *(Che così son nomata) — saper dei*
» *Che, come suol tornar dalla radice*
» *Arbor che tronchi e quattro volte e sei,*
» *Così la pertinacia mia infelice,*
» *Benchè sia tronca dai sucessi rei,*
» *Di germogliar non resta; chè venire*
» *Pur vorria a fin di questo suo desire.*

» Cela, plus d'une fois, Polinesse
» (Ainsi se nomme le Duc), l'avait ouï de moi;
» De plus, il savait et voyait par lui-même
» Combien mal était agréé son amour;
» Pour si peu ne désista d'aimer,
» Mais de s'en voir un autre préférer,
» Cet orgueilleux si mal le supporta,
» Qu'il se tourna tout en haine et colère.

» Entre Genièvre et son amant il pense
» Tant de discorde et de noise semer,
» Rendre entre eux l'inimitié si forte,
» Que jamais plus ne se puissent souffrir,
» Et plonger Genièvre en telle ignominie
» Que morte ou vive jamais n'en échappe :
» De son inique projet, à moi il ne voulut
» S'ouvrir, ni à d'autre qu'à lui-même.

» Son plan tracé : — Ma Dalinde, — me dit-il,
» (Dalinde est mon nom) — tu dois savoir
» Qu'aussi aisément que repousse du pied
» L'arbre qu'on a coupé par quatre et six fois,
» Ainsi ma passion tenace et malheureuse,
» Bien que coupée au pied par le mauvais succès,
» Ne laisse de pousser des bourgeons; elle veut
» Venir à bout de ce qu'elle désire.

» *E non lo bramo tanto per diletto,*
» *Quanto perchè vorrei vincer la prova;*
» *E non possendo farlo con effetto,*
» *S'io lo fo imaginando, anco mi giova.*
» *Voglio, qual volta tu mi dai ricetto,*
» *Quando allora Ginevra si ritrova*
» *Nuda nel letto, che pigli ogni vesta*
» *Ch'ella posta abbia, e tutta te ne vesta.*

» *Come ella s'orna e come il crin dispone*
» *Studia imitarla e cerca, il più che sai,*
» *Di parer dessa; e poi sopra il verone*
» *A mandar giù la scala ne verrai.*
» *Io verrò a te con imaginazione*
» *Che quella sii, di cui tu i panni avrai:*
» *E così spero, me stesso ingannando,*
» *Venir in breve il mio desir scemando. —*

» *Così disse egli. Io, che divisa e sevra*
» *E lungi era da me, non posi mente*
» *Che questo in che pregando egli persevra,*
» *Era una fraude pur troppo evidente,*
» *E dal veron, coi panni di Ginevra,*
» *Mandai la scala onde salì sovente;*
» *E non m' accorsi prima dell' inganno,*
» *Che n' era già tutto accaduto il danno.*

» Si j'en ai soif, c'est moins pour le plaisir,
» Que pour n'en pas avoir le démenti;
» Et ne pouvant le faire pour de vrai,
» Si je le fais en idée, encore serai-je heureux.
» Je veux, telle fois que tu me recevras,
» Alors que se trouvera Genièvre
» Nue en son lit, que tu prennes les vêtements
» Qu'elle aura quittés, et t'en revêtes toute.

» Comme elle s'arrange et dispose ses cheveux
» Tâche de l'imiter, et cherche, le plus possible,
» A sembler être elle; puis sur le balcon
» Tu viendras me tendre l'échelle.
» J'irai vers toi, dans l'imagination
» Que tu es celle dont tu auras les habits :
» Et j'espère ainsi, m'abusant moi-même,
» En peu de temps éteindre mon désir. —

» Ainsi parla-t-il. Moi qui, m'étant partagée,
» Ne me possédais plus, je ne réfléchis pas
» Que ce qu'il demandait avec tant d'instance
» Était une fraude par trop évidente;
» Du haut du balcon, sous les habits de Genièvre,
» Je lui jetai l'échelle où il montait souvent,
» Et ne me rendis compte de la ruse
» Avant que tout le mal déjà ne fût fait.

» *Fatto in quel tempo con Ariodante*
» *Il Duca avea queste parole o tali,*
» *Chè grandi amici erano stati, innante*
» *Che per Ginevra si fesson rivali :*
» *— Mi maraviglio (incominciò il mio amante),*
» *Ch' avendoti io fra tutti li mie' uguali*
» *Sempre avuto in rispetto e sempre amato,*
» *Ch' io sia da te sì mal rimunerato.*

» *Io son ben certo che comprendi e sai*
» *Di Ginevra e di me l' antiquo amore;*
» *E per sposa legittima oggimai*
» *Per impetrarla son dal mio Signore.*
» *Perchè mi turbi tu? perchè pur vai*
» *Senza frutto in costei ponendo il core?*
» *Io ben a te rispetto avrei, per Dio,*
» *S' io nel tuo grado fossi e tu nel mio.*

» *— Et io (rispose Ariodante a lui),*
» *Di te mi maraviglio maggiormente;*
» *Chè di lei prima innamorato fui*
» *Che tu l' avessi vista solamente :*
» *E so che sai quanto è l' amor tra nui,*
» *Ch' esser non può, di quel che sia, più ardente,*
» *E sol d' essermi moglie intende e brama :*
» *E so che certo sai ch' ella non t' ama.*

» En même temps le Duc avec Ariodant
» Avait eu l'entretien suivant, ou à peu près,
» Car ils étaient grands amis, avant
» Que pour Genièvre ne devinssent rivaux :
» — Je m'étonne (se mit à dire mon amant),
» De ce que moi, qui t'ai entre tous mes égaux
» Toujours porté respect et amitié,
» J'en sois de toi si mal rémunéré.

» J'en suis bien sûr, tu connais et tu sais
» De Genièvre et de moi l'ancien amour ;
» En mariage légitime, avant peu,
» Je compte la demander à mon Seigneur.
» Pourquoi m'empêches-tu ? Pourquoi viens-tu
» Sans fruit aucun, placer ton cœur en elle ?
» Vraiment, j'aurais égard à toi, par Dieu,
» Si j'étais en ta place et toi en la mienne.

» — Et moi (lui répondit Ariodant),
» Je m'étonne de toi énormément plus ;
» J'étais épris de Genièvre, bien avant
» Que tu l'eusses seulement regardée :
» J'en suis certain, tu sais que notre amour
» Est plus ardent que nul amour au monde ;
» Elle n'a qu'un désir, qu'un vœu, d'être ma femme,
» Et, j'en suis sûr, tu sais qu'elle ne t'aime pas.

» *Perchè non hai tu dunque a me il rispetto*
» *Per l' amicizia nostra, che domande*
» *Ch' a te aver debba, e ch' io t' avre' in effetto*
» *Se tu fossi con lei di me più grande?*
» *Nè men di te per moglie averla aspetto;*
» *Se ben tu sei più ricco in queste bande,*
» *Io non son meno al Re, che tu sia, grato;*
» *Ma più di te dalla sua figlia amato.*

» *— Oh (disse il Duca a lui), grande è cotesto*
» *Errore a che t' ha il folle amor condutto!*
» *Tu credi esser più amato; io credo questo*
» *Medesmo : ma si può vedere al frutto.*
» *Tu, fammi ciò c' hai seco manifesto,*
» *Ed io il secreto mio t'aprirò tutto;*
» *E quel di noi che manco aver si veggia*
» *Ceda a chi vince, e d'altro si proveggia.*

» *E sarò pronto, se tu vuoi ch' io giuri*
» *Di non dir cosa mai che mi riveli;*
» *Così voglio ch' ancor tu m' assicuri*
» *Che quel ch' io ti dirò sempre mi celi.—*
» *Venner dunque d' accordo alli scongiuri,*
» *E posero le man sugli Evangeli,*
» *E poi che di tacer fede si diero,*
» *Ariodante incominciò primiero.*

» Pourquoi donc n'as-tu pour moi cet égard
» Qu'au nom de l'amitié, tu exiges
» Que j'aie pour toi, et que j'aurais vraiment,
» Si tu étais mieux que moi reçu d'elle ?
» Non moins que toi j'espère l'avoir pour femme;
» Encore que tu sois plus riche en ce pays,
» Je suis bien vu du Roi, non moins que toi-même,
» Et j'ai de plus que toi d'être aimé de sa fille.

» —Oh! (lui dit le Duc), qu'elle est grave
» L'erreur où t'a plongé ton fol amour!
» Tu crois qu'on t'aime plus; je crois
» La même chose : c'est au fruit qu'il faut voir.
» Dis-moi clairement où tu en es avec elle,
» Et moi je t'ouvrirai tout mon secret ;
» Qui de nous deux sera le moins favorisé
» Cède à qui l'est le plus, et se pourvoie ailleurs.

» Ce sera vite fait si tu veux que je jure
» De ne jamais révéler ce que tu m'auras dit ;
» De même aussi veux-je que tu m'assures
» De tenir secret ce que je te dirai. —
» D'accord ils en vinrent donc aux serments,
» Étendirent les mains sur les Évangiles,
» Et après s'être donné leur foi de se taire,
» Ariodant commença le premier.

» *E disse per lo giusto e per lo dritto*
» *Come tra sè e Ginevra era la cosa;*
» *Ch' ella gli avea giurato e a bocca e in scritto,*
» *Che mai non saria ad altri ch' a lui sposa;*
» *E se dal Re le venia contraditto,*
» *Gli promettea di sempre esser ritrosa*
» *Da tutti gli altri maritaggi poi,*
» *E viver sola in tutti i giorni suoi;*

» *E ch' esso era in speranza pel valore*
» *Ch' avea mostrato in arme a più d' un segno,*
» *Ed era per mostrare a laude, a onore,*
» *A beneficio del Re e del suo Regno,*
» *Di crescer tanto in grazia al suo Signore,*
» *Che sarebbe da lui stimato degno*
» *Che la figliuola sua per moglie avesse,*
» *Poichè piacer a lei così intendesse.*

» *Poi disse : — A questo termine son io,*
» *Nè credo già ch' alcun mi venga appresso;*
» *Nè cerco più di questo, nè desio*
» *Dell' amor d' essa aver segno più espresso :*
» *Nè più vorrei, se non quanto da Dio*
» *Per connubio legittimo è concesso :*
» *E saria in vano il domandar più innanzi,*
» *Chè di bontà so come ogn' altra avanzi. —*

» Il dit en franchise et tout uniment
» Comme était la chose entre lui et Genièvre ;
» Qu'elle lui avait juré, de bouche et par écrit,
» De n'être jamais d'autre que lui l'épouse ;
» Que si le Roi la voulait contrarier,
» Elle lui promettait d'être toujours rebelle
» A tout autre mariage, par la suite,
» Et de vivre seule le reste de ses jours ;

» Qu'il espérait, pour lui, que la valeur
» Dont il s'était, en armes, maintes fois signalé,
» Et qu'il consacrerait à la gloire, à l'honneur
» Et au service du Roi et du Royaume,
» Le ferait croître en grace auprès de son Seigneur,
» Et lui vaudrait d'être par lui jugé digne
» D'obtenir sa fille pour épouse,
» Puisqu'ainsi à lui plaire il était parvenu.

» Il ajouta : — Voilà où j'en suis,
» Et je ne crois pas que personne m'approche ;
» Et je ne cherche, ni ne désire
» Avoir de son amour preuve plus décisive :
» Je n'en voudrais pas plus, sinon ce qui de Dieu
» En hymen légitime est permis ;
» Inutile serait de demander davantage,
» Car je sais qu'en vertu elle prime toute autre. —

» *Poi ch' ebbe il vero Ariodante esposto*
» *Della mercè ch' aspetta a sua fatica,*
» *Polinesso, che già s' avea proposto*
» *Di far Ginevra al suo amator nemica,*
» *Cominciò : — Sei da me molto discosto,*
» *E vo' che di tua bocca anco tu 'l dica;*
» *E del mio ben veduta la radice,*
» *Che confessi me solo esser felice.*

» *Finge ella teco, nè t' ama, nè prezza,*
» *Chè ti pasce di speme e di parole;*
» *Oltra questo, il tuo amor sempre a sciocchezza,*
» *Quando meco ragiona, imputar suole.*
» *Io ben d' esserle caro altra certezza*
» *Veduta n' ho che di promesse e fole;*
» *E tel dirò sotto la fè in secreto,*
» *Benchè farei più il debito a star cheto.*

» *Non passa mese che tre, quattro e sei,*
» *E talor diece notti io non mi trovi*
» *Nudo abbracciato in quel piacer con lei,*
» *Ch' all' amoroso ardor par che sì giovi :*
» *Sì che tu puoi veder s' a' piacer miei*
» *Son d' agguagliar le ciance che tu provi.*
» *Cedimi dunque, e d' altro ti provedi,*
» *Poi che sì inferior di me ti vedi.*

» Après qu'Ariodant eût dit au vrai
» Quel prix il attendait de ses fatigues,
» Polinesse, qui dès avant s'était proposé
» De rendre Genièvre odieuse à son amant,
» Commença : — Tu es bien distancé par moi,
» Et je veux que, de ta bouche, tu en conviennes;
» Que de mon bonheur connaissant la racine,
» Tu confesses que seul je suis le fortuné.

» Elle feint avec toi, elle ne t'aime ni t'estime,
» Elle te repaît d'espoir et de paroles;
» Bien mieux, toujours comme une sottise,
» En riant avec moi, elle traite ton amour.
» Moi, de lui être cher, bien autre certitude
» Je possède, que promesses et fables en l'air;
» Et je te le confierai, sous la foi du secret,
» Bien que serait plutôt mon devoir de me taire.

» Il ne se passe de mois que trois, quatre, six,
» Dix nuits quelquefois, avec elle je ne me trouve,
» Nu, dans ses bras, à goûter ce plaisir
» Où l'amoureuse ardeur tant se délecte.
» Tu peux ainsi voir si à mes voluptés
» Sont à comparer tes pauvres bagatelles.
» Cède-moi donc, et va te pourvoir ailleurs,
» Puisque tu te vois si en arrière de moi.

21.

» — *Non ti vo' creder questo (gli rispose*
» *Ariodante), e certo so che menti;*
» *E composto fra te t' hai queste cose*
» *Acciò che dall' impresa io mi spaventi :*
» *Ma perchè a lei son troppo ingiuriose,*
» *Questo c' hai detto, sostener convienti;*
» *Chè non bugiardo sol, ma voglio ancora*
» *Che tu sei traditor mostrarti or ora. —*

» *Soggiunse il Duca : — Non sarebbe onesto*
» *Che noi volessen la battaglia tôrre*
» *Di quel che t' offerisco manifesto,*
» *Quando ti piaccia, innanzi agli occhi porre. —*
» *Resta smarrito Ariodante a questo,*
» *E per l' ossa un tremor freddo gli scorre;*
» *E se creduto ben gli avesse a pieno,*
» *Venia sua vita allora allora meno.*

» *Con cor trafitto e con pallida faccia,*
» *E con voce tremante e bocca amara*
» *Rispose : — Quando sia che tu mi faccia*
» *Veder questa avventura tua sì rara,*
» *Prometto di costei lasciar la traccia,*
» *A te sì liberale, a me sì avara :*
» *Ma ch' io tel voglia creder, non far stima,*
» *S' io non lo veggio con questi occhi prima.*

» — Je ne t'en veux pas croire (lui répondit
» Ariodant), et tu mens, j'en suis sûr ;
» Tu t'es imaginé tout cela dans ta tête,
» Pour que de l'entreprise je me rebute.
» Mais tes paroles sont pour elle trop injurieuses,
» Et ce que tu as dit, il faut que tu le soutiennes ;
» Tu es un menteur, et de plus, un traître,
» Je veux le prouver, et cela sur l'heure. —

» Le Duc répliqua : — Il serait mal séant
» De vouloir nous deux disputer en champ clos
» D'une chose que j'offre te faire manifeste,
» Quand il te plaira, et te mettre sous les yeux. —
» Ariodant resta stupéfait à ces mots,
» Et par ses os courut un frisson glacial ;
» S'il lui avait en plein ajouté foi,
» Sa vie s'échappait tout de suite, tout de suite.

» Le cœur transpercé, la pâleur au front,
» D'une voix tremblante et d'une bouche amère
» Il répondit : — Quand tu m'auras rendu
» Témoin de ton bonheur, si extraordinaire,
» Je te promets quitter l'ombre de celle
» Qui t'est si prodigue, à moi si avare :
» Mais que je le veuille croire, n'y compte pas,
» Si je ne le vois d'abord, de mes yeux.

» — *Quando ne sarà il tempo, avviserotti,* —
» *Soggiunse Polinesso; e dipartisse.*
» *Non credo che passar più di due notti,*
» *Ch' ordine fu che 'l Duca a me venisse.*
» *Per scoccar dunque i lacci che condotti*
» *Avea sì cheti, andò al rivale, e disse*
» *Che s' ascondesse la notte seguente*
» *Tra quelle case ove non stá mai gente,*

» *E dimostrògli un luogo a dirimpetto*
» *Di quel verone ove solea salire.*
» *Ariodante avea preso sospetto*
» *Che lo cercasse far quivi venire,*
» *Come in un luogo dove avesse eletto*
» *Di por gli aguati, e farvelo morire*
» *Sotto questa finzion che vuol mostrargli*
» *Quel di Ginevra ch' impossibil pargli.*

» *Di volervi venir prese partito,*
» *Ma in guisa che di lui non sia men forte;*
» *Perchè accadendo che fosse assalito,*
» *Si trovi sì che non tema di morte.*
» *Un suo fratello avea, saggio ed ardito,*
» *Il più famoso in arme della Corte,*
» *Detto Lurcanio; e avea più cor con esso*
» *Che se dieci altri avesse avuto appresso.*

» ⁀ Quand il sera l'heure, je t'en aviserai, —
» Ajouta Polinesse; et il s'en fut.
» Point ne s'écoulèrent, je crois, plus de deux nuits
» Que l'occasion vint au Duc de venir me voir.
» Pour tirer les filets que si subtilement
» Il avait tendus, il chercha son rival et lui dit
» De se cacher la nuit suivante
» Par ces masures où n'allait personne,

» Et lui indiqua un endroit, juste en face
» De ce balcon, où il montait d'ordinaire.
» Ariodant avait conçu le soupçon
» Que l'autre ne voulût l'attirer là,
» Comme en un lieu choisi d'avance
» Pour aposter des gens, et le faire tuer,
» Sous ce prétexte de vouloir lui montrer
» Ce qui de Genièvre lui semble impossible.

» D'y vouloir aller il prit le parti,
» Mais de façon à n'être moins fort que l'autre,
» Pour, le cas échéant qu'il serait attaqué,
» Se trouver prêt à ne craindre la mort.
» Un sien frère il avait, sage et hardi,
» Le plus fameux en armes de la Cour,
» Nommé Lurcain, et se sentait avec lui plus de
        cœur
» Que s'il en eût eu dix autres près de soi.

» *Seco chiamollo, e volse che prendesse*
» *L' arme; e la notte lo menò con lui;*
» *Non che 'l secreto suo già gli dicesse :*
» *Nè l' avria detto ad esso nè ad altrui.*
» *Da se lontano un trar di pietra il messe :*
» *— Se mi senti chiamar, vien (disse) a nui;*
» *Ma se non senti, prima ch' io ti chiami*
» *Non ti partir di qui, frate, se m' ami.*

» *— Va' pur, non dubitar, — disse il fratello.*
» *E così venne Ariodante cheto,*
» *E si celò nel solitario ostello*
» *Ch' era d' incontro al mio veron secreto.*
» *Vien d' altra parte il fraudolente e fello,*
» *Che d' infamar Ginevra era sì lieto;*
» *E fa il segno, tra noi solito innante,*
» *A me che dell' inganno era ignorante.*

» *Ed io con veste candida e fregiata*
» *Per mezzo a liste d' oro e d' ogn' intorno,*
» *E con rete pur d' or, tutta adombrata*
» *Di bei fiocchi vermigli, al capo intorno*
» *(Foggia che sol fu da Ginevra usata,*
» *Non d' alcun' altra); udito il segno, torno*
» *Sopra il veron, ch' in modo era locato,*
» *Che mi scopria dinanzi e d' ogni lato.*

» Il le fit prévenir, voulut qu'il se munît
» De ses armes, et la nuit l'emmena,
» Sans lui rien dévoiler pourtant de son secret :
» Il ne l'aurait dit à lui ni à personne.
» A la distance d'un jet de pierre il le posta :
» — Si tu m'entends crier, viens à moi (lui dit-il);
» Sinon, avant que je ne t'appelle
» Ne t'éloigne pas d'ici, frère, si tu m'aimes.

» — Va donc, et ne crains rien, — répondit le
     frère.
» Ainsi vint Ariodant, en silence,
» Se cacher en dedans de ce logis désert
» Qui était en face de mon balcon secret.
» D'autre part arriva le fourbe, le felon,
» Tout guilleret de déshonorer Genièvre ;
» Il me fit le signal entre nous convenu,
» A moi qui ne soupçonnais pas la fraude.

» Je portais une robe blanche, brochée
» De bandes d'or au milieu et partout,
» Ainsi qu'une résille, toute parsemée
» De belles floches roses, sur ma tête
» (Parure dont Genièvre seule usait,
» Et personne autre); le signal donné, j'accours
» Sur le balcon, placé de telle sorte,
» Qu'il me découvrait de face et de tous côtés.

» *Lurcanio in questo mezzo dubitando*
» *Che 'l fratello a pericolo non vada,*
» *O, come è pur comun disio, cercando*
» *Di spiar sempre ciò che ad altri accada,*
» *L'era pian pian venuto seguitando,*
» *Tenendo l'ombre e la più oscura strada;*
» *E a men di dieci passi a lui discosto,*
» *Nel medesimo ostel s'era riposto.*

» *Non sappiendo io di questo cosa alcuna,*
» *Venni al veron nell' abito c' ho detto;*
» *Sì come già venuta era più d'una*
» *E più di due fiate, a buono effetto.*
» *Le veste si vedean chiare alla luna;*
» *Nè dissimile essendo anch' io d' aspetto*
» *Nè di persona da Ginevra molto,*
» *Fece parere un per un altro il volto :*

» *E tanto più, ch' era gran spazio in mezzo*
» *Fra dove io venni e quelle inculte case.*
» *Ai dui fratelli, che stavano al rezzo,*
» *Il Duca agevolmente persuase*
» *Quel ch' era falso. Or pensa in che ribrezzo*
» *Ariodante, in che dolor rimase.*
» *Vien Polinesso, e alla scala s' appoggia,*
» *Che giù mandaigli, e monta in su la loggia.*

» Lurcain là-dessus ayant peur
» Que son frère ne fût en danger,
» Ou poussé par cette soif qu'on a de vouloir
» Épier toujours ce qui regarde les autres,
» L'avait doucement, doucement suivi,
» Dans l'ombre, par les plus obscurs chemins ;
» Et rapproché à moins de dix pas de lui,
» S'était blotti dans la même cachette.

» Moi qui ne savais de cela nulle chose,
» Je vins au balcon, sous ces vêtements,
» Comme j'y étais venue plus d'une fois
» Et plus de deux, sans malencombre.
» Ma robe se voyait blanche au clair de lune,
» Et ne différant pas beaucoup d'apparence,
» Ni de taille, avec Genièvre,
» Je fis prendre mon visage pour le sien ;

» Et d'autant mieux qu'il y avait grande distance
» Du lieu où je parus à ces vieilles masures,
» Aux deux frères, qui se tenaient dans l'ombre,
» Le Duc aisément persuada
» Ce qui était faux. Songe à quel désespoir,
» A quelle douleur fut en proie Ariodant.
» Survient Polinesse, il s'appuie à l'échelle
» Que je lui ai tendue, et monte sur la terrasse.

22

» *A prima giunta io gli getto le braccia*
» *Al collo; ch' io non penso esser veduta;*
» *Lo bacio in bocca e per tutta la faccia,*
» *Come far soglio ad ogni sua venuta.*
» *Egli più dell' usato si procaccia*
» *D' accarezzarmi, e la sua fraude aiuta.*
» *Quell' altro al rio spettacolo condutto,*
» *Misero sta lontano, è vede il tutto.*

» *Cade in tanto dolor, che si dispone*
» *Allora allora di voler morire;*
» *E il pomo della spada in terra pone,*
» *Chè sulla punta si volea ferire.*
» *Lurcanio che con grande ammirazione*
» *Avea veduto il Duca a me salire,*
» *Ma non già conosciuto chi si fosse,*
» *Scorgendo l' atto del fratel, si mosse;*

» *E gli vietò che con la propria mano*
» *Non si passasse in quel furore il petto.*
» *S' era più tardo o poco più lontano,*
» *Non giugnea a tempo, e non faceva effetto.*
» *— Ah misero fratel, fratello insano, —*
» *Gridò — perc' hai perduto l' intelletto,*
» *Ch' una femina a morte trar ti debbia?*
» *Ch' ir possan tutte come al vento nebbia.*

» De prime abord, je lui jette les bras
» Autour du cou; je ne pense être vue;
» Je le baise sur la bouche et par tout le visage,
» Comme j'avais coutume chaque fois qu'il venait.
» Lui plus que d'habitude s'évertue
» A me caresser, et renforce la fraude.
» L'autre, amené à ce cruel spectacle,
» Malheureux, regardait de loin et voyait tout.

» Il tombe en tel désespoir, qu'il résout
» Sur l'heure, sur l'heure, de vouloir mourir;
» Le pommeau de son épée en terre il plante,
» Dans l'intention de se jeter sur la pointe.
» Lurcain, qui, avec grande surprise,
» Avait vu le Duc monter me rejoindre,
» Sans reconnaître toutefois qui c'était,
» Voyant ce que faisait son frère, accourut;

» Et empêcha que de sa propre main
» Il ne se perçât, de rage, la poitrine.
» Un peu moins rapide, un peu plus éloigné,
» Il arrivait trop tard et n'empêchait rien.
» — Ah! malheureux frère, frère insensé
» (Cria-t-il), as-tu perdu l'esprit,
» Qu'une femme doive être cause de ta mort?
» Qu'elles s'en aillent toutes comme la brume au
    vent!

» *Cerca far morir lei, che morir merta;*
» *E serva a più tuo onor tu la tua morte.*
» *Fu da amar lei, quando non t'era aperta*
» *La fraude sua; or è da odiar ben forte,*
» *Poi che con gli occhi tuoi tu vedi certa*
» *Quanto sia meretrice, e di che sorte.*
» *Serba quest' arme che volti in te stesso,*
» *A far dinanzi al Re tal fallo espresso. —*

» *Quando si vede Ariodante giunto*
» *Sopra il fratel, la dura impresa lascia;*
» *Ma la sua intenzion da quel ch' assunto*
» *Avea già di morir, poco s' accascia.*
» *Quindi si lieva, e porta non che punto,*
» *Ma trapassato il cor d' estrema ambascia :*
» *Pur finge col fratel che quel furore*
» *Non abbia più, che dianzi avea, nel core.*

» *Il seguente mattin, senza far motto,*
» *Al suo fratello o ad altri, in via si messe,*
» *Dalla mortal disperazion condotto;*
» *Nè di lui per più dì fu chi sapesse.*
» *Fuor che'l Duca e il fratello, ogn'altro indotto*
» *Era chi mosso al dipartir l' avesse.*
» *Nella casa del Re di lui diversi*
» *Ragionamenti, e in tutta Scozia fersi.*

» Cherche à la faire mourir, elle qui le mérite,
» Et réserve-toi à mort plus glorieuse.
» L'aimer était bon, avant de connaître
» Son infamie; maintenant il la faut haïr,
» Puisque de tes yeux tu as vu pour sûr
» Quelle coquine elle est, et de quelle espèce.
» Réserve ces armes que tu tournes contre toi,
» A prouver, en face du Roi, sa trahison. —

» Quand Ariodant voit près de lui son frère,
» Il abandonne sa funeste entreprise;
» Mais l'intention qu'il a au fond du cœur
» De s'ôter la vie, en diminue peu.
» Il s'en va de là, emportant son cœur
» Blessé, traversé d'angoisse mortelle;
» Puis feint avec son frère de n'avoir plus
» Rien de cette fureur, qu'il avait d'abord.

» Le lendemain matin, sans dire mot
» A son frère, à personne, il se mit en route,
» Par son fatal désespoir entraîné;
» Et de lui, plusieurs jours, personne ne sut rien.
» Hors son frère et le Duc, tout autre ignorait
» Ce qui l'avait décidé à partir.
» Dans le palais du Roi, on en fit
» Diverses conjectures, et dans toute l'Écosse.

» *In capo d' otto o di più giorni in Corte*
» *Venne innanzi a Ginevra un viandante,*
» *E novelle arrecò di mala sorte :*
» *Che s' era in mar sommerso Ariodante*
» *Di volontaria sua libera morte,*
» *Non per colpa di Borea o di Levante.*
» *D' un sasso che sul mar sporgea molt' alto*
» *Avea col capo in giù preso un gran salto.*

» *Colui dicea : — Pria che venisse a questo,*
» *A me che a caso riscontrò per via,*
» *Disse : — Vien meco, acciò che manifesto*
» *Per te a Ginevra il mio successo sia;*
» *E dille poi, che la cagion del resto*
» *Che tu vedrai di me, ch' or ora fia,*
» *È stato sol perc' ho troppo veduto :*
» *Felice se senza occhi io fossi suto! —*

» *Eramo a caso sopra capo basso,*
» *Che verso Irlanda alquanto sporge in mare.*
» *Così dicendo, di cima d' un sasso*
» *Lo vidi a capo in giù sott' acqua andare.*
» *Io lo lasciai nel mare, ed a gran passo*
» *Ti son venuto la nuova a portare. —*
» *Ginevra, sbigottita e in viso smorta,*
» *Rimase a quello annunzio mezza morta.*

» Au bout de huit jours ou plus, à la Cour
» Vint vers Genièvre un voyageur
» Apportant nouvelles de mauvais augure :
» Ariodant s'était noyé dans les flots,
» De sa volontaire et libre mort,
» Non par la faute de Borée ou du vent d'Est.
» D'un rocher qui de haut se dressait sur la mer
» Il avait, la tête en bas, fait un grand saut.

» Cet homme ajoutait : — Avant d'en venir là,
» A moi que par hasard il rencontrait,
» Il me dit : — Suis moi pour faire rapport
» De mon trépas à Genièvre.
» Puis tu lui diras que la cause de tout
» Ce que tu vas voir, et cela dans un instant,
» La seule cause est que j'ai trop vu :
» Heureux si je n'avais jamais eu d'yeux ! —

» Nous étions alors sur ce bas promontoire
» Qui vers l'Irlande s'avance dans la mer.
» En parlant ainsi, du haut d'un rocher
» Je le vis, la tête en bas, plonger sous l'eau.
» Je le laissai dans la mer, et à grands pas
» Je t'en suis venu apporter la nouvelle. —
» Genièvre consternée, la paleur au front,
» A ce récit resta à demi morte.

» *Oh Dio, che disse e fèce poichè sola*
» *Si ritrovò nel suo fidato letto!*
» *Percosse il seno e si stracciò la stola,*
» *E fece all' aureo crin danno e dispetto;*
» *Ripetendo sovente la parola*
» *Ch' Ariodante avea in estremo detto :*
» *Che la cagion del suo caso empio e tristo*
» *Tutta venia per aver troppo visto.*

» *Il rumor scorse di costui per tutto,*
» *Che per dolor s' avea dato la morte.*
» *Di questo il Re non tenne il viso asciutto,*
» *Nè Cavalier nè Donna della Corte.*
» *Di tutti il suo fratel mostrò più lutto,*
» *E si sommerse nel dolor sì forte,*
» *Ch' ad esempio di lui, contra se stesso*
» *Voltò quasi la man, per irgli appresso;*

» *E molte volte ripetendo seco,*
» *Che fu Ginevra che 'l fratel gli estinse,*
» *E che non fu se non quell' atto bieco*
» *Che di lei vide, ch' a morir lo spinse,*
» *Di voler vendicarsene sì cieco*
» *Venne, è sì l' ira e sì il dolor lo vinse,*
» *Che di perder la grazia vilipese,*
» *Ed aver l' odio del Re e del paese.*

» Oh Dieu! que dit-elle et que fit-elle alors
» Que seule se retrouva dans son chaste lit!
» Elle se meurtrit le sein, déchira sa robe,
» Arracha, dispersa ses beaux cheveux dorés,
» En répétant maintes fois les paroles
» Qu'au moment suprême avait dites Ariodant :
» Que la cause de son funeste et triste sort,
» La seule cause était d'avoir trop vu.

» Le bruit courut d'Ariodant partout,
» Que de douleur il s'était donné la mort.
» Le Roi ne s'en put tenir le visage sec,
» Ni Chevalier, ni Dame de la Cour.
» Entre tous son frère montra plus de chagrin,
» Et se plongea en douleur si profonde,
» Qu'à son exemple, contre lui-même
» Faillit tourner sa main, pour le rejoindre;

» Et souventefois comme il se répétait
» Que seule Genièvre lui avait tué son frère,
» Qu'aucune autre raison, sinon l'indigne chose
» Qu'il avait vue d'elle, à mourir l'avait poussé,
» De le vouloir venger il devint si aveugle,
» Colère et douleur l'emportèrent si fort,
» Qu'il mit à vil prix de perdre la grace,
» Et de gagner la haine du Roi et du pays.

» *E innanzi al Re, quando era più di gente*
» *La sala piena, se ne venne, e disse :*
» *— Sappi, Signor, che di levar la mente*
» *Al mio fratel, sì ch' a morir ne gisse,*
» *Stata è la figlia tua sola nocente ;*
» *Ch' a lui tanto dolor l' alma trafisse*
» *D' aver veduta lei poco pudica,*
» *Che più che vita ebbe la morte amica.*

» *Erane amante ; e perchè le sue voglie*
» *Disoneste non fur, nol vo' coprire ;*
» *Per virtù meritarla aver per moglie*
» *Da te sperava, e per fedel servire.*
» *Ma, mentre il lasso ad odorar le foglie*
» *Stava lontano, altrui vide salire,*
» *Salir su l' arbor riserbato, e tutto*
» *Essergli tolto il disiato frutto. —*

» *E seguitò, come egli avea veduto*
» *Venir Ginevra sul verone, e come*
» *Mandò la scala onde era a lei venuto*
» *Un drudo suo, di chi egli non sa il nome ;*
» *Che s' avea per non esser conosciuto,*
» *Cambiati i panni e nascose le chiome.*
» *Soggiunse che con l' arme egli volea*
» *Provar tutto esser ver ciò che dicea.*

» En face du Roi, quand de plus de monde
» La salle était pleine, il se présenta et dit :
» — Sache, Seigneur, que de troubler l'esprit
» De mon frère, au point qu'il en est mort,
» Ta fille en est seule coupable;
» Tant de douleur lui a transpercé l'âme,
» De l'avoir vue oublier la pudeur,
» Que plus que la vie il a chéri la mort.

» Il était son amant; comme ses intentions
» Ne furent déshonnêtes, je ne veux le cacher;
» Par sa valeur et ses loyaux services
» Il espérait mériter de l'avoir pour femme,
» Mais tandis que de loin l'infortuné restait
» A respirer la fleur, un autre il vit monter,
» Monter sur l'arbre défendu,
» Et cueillir tout le fruit ardemment désiré. —

» Il poursuivit, comment il avait vu
» Venir Genièvre sur le balcon, comment
» Elle tendit l'échelle par où était monté
» Un sien galant, dont il ne sait le nom,
» Qui s'était, de peur d'être reconnu,
» Changé les vêtements et caché les cheveux.
» Il ajoutait qu'en champ clos il voulait
» Prouver que tout ce qu'il disait était vrai.

» *Tu puoi pensar se 'l padre addolorato*
» *Riman, quando accusar sente la figlia;*
» *Sì perchè ode di lei quel che pensato*
» *Mai non avrebbe, e n' ha gran maraviglia;*
» *Sì perchè sa che fia necessitato,*
» *Se la difesa alcun guerrier non piglia,*
» *Il qual Lurcanio possa far mentire,*
» *Di condannarla, e di farla morire.*

» *Io non credo, Signor, che ti sia nova*
» *La legge nostra, che condanna a morte*
» *Ogni Donna e Donzella, che si prova*
» *Di sè far copia altrui ch' al suo consorte.*
» *Morta ne vien s' in un mese non trova*
» *In sua difesa un Cavalier sì forte,*
» *Che contra il falso accusator sostegna*
» *Che sia innocente e di morire indegna.*

» *Ha fatto il Re bandir per liberarla*
» *(Che pur gli par ch' a torto sia accusata),*
» *Che vuol per moglie, e con gran dote darla*
» *A chi torrà l' infamia che l' è data.*
» *Che per lei comparisca non si parla*
» *Guerriero ancora, anzi l' un l' altro guata;*
» *Chè quel Lurcanio in arme è così fiero,*
» *Che par che di lui tema ogni Guerriero.*

» Tu peux penser si le père resta
» Consterné, d'entendre accuser sa fille.
» Autant d'apprendre, à sa grande surprise,
» Chose que d'elle il n'eût jamais soupçonné;
» Que parce qu'il sait qu'il lui faudra,
» Si nul Chevalier ne prend sa défense,
» Et ne force Lurcain à se rétracter,
» La condamner, et la faire mourir.

» Je ne crois pas, Seigneur, que te soit inconnue
» Notre loi, qui condamne au supplice
» Toute Dame ou Damoiselle, convaincue
» De s'abandonner à autre qu'à son époux.
» Elle doit mourir si dans le mois ne trouve
» Pour sa défense, tel Chevalier vaillant,
» Qui contre le faux accusateur soutienne
» Qu'elle est innocente et ne mérite pas la mort.

» Le Roi a fait savoir, pour la sauver
» (Car il la croit toujours accusée à tort),
» Qu'il la donnera pour femme, avec grosse dot,
» A qui lui ôtera cette tache infamante.
» Mais nul ne dit qu'il se présente pour elle
» Aucun Chevalier, l'un l'autre ils se regardent;
» Ce Lurcain sous l'armure est si redoutable,
» Qu'il semble que tout Guerrier en ait peur.

» *Atteso ha l' empia sorte che Zerbino,*
» *Fratel di lei, nel Regno non si trove;*
» *Che va già molti mesi peregrino,*
» *Mostrando di se in arme inclite prove :*
» *Chè quando si trovasse più vicino*
» *Quel Cavalier gagliardo, o in luogo dove*
» *Potesse avere a tempo la novella,*
» *Non mancheria d' aiuto alla sorella.*

» *Il Re, ch' intanto cerca di sapere*
» *Per altra prova che per arme ancora,*
» *Se sono queste accuse o false o vere,*
» *Se dritto o torto è che sua figlia mora,*
» *Ha fatto prender certe cameriere*
» *Che lo dovrian saper, se vero fora;*
» *Ond' io previdi che se presa era io,*
» *Troppo periglio era del Duca e mio.*

» *E la notte medesima mi trassi*
» *Fuor della corte, e al Duca mi condussi;*
» *E gli feci veder quanto importassi*
» *Al capo d' amendua se presa io fussi.*
» *Lodommi, e disse ch' io non dubitassi :*
» *A' suoi conforti poi venir m' indussi*
» *Ad una sua fortezza ch' è qui presso,*
» *In compagnia di dui che mi diede esso.*

» De plus le sort fatal veut que Zerbin,
» Frère de Genièvre, soit absent du Royaume;
» Il s'en va depuis des mois à l'aventure
» Montrer de lui maintes prouesses en armes :
» S'il se trouvait un peu plus près d'ici
» Ce brave Chevalier, ou dans quelque endroit
» Où il pût recevoir à temps la nouvelle,
» D'aide ne manquerait pas sa sœur.

» Le Roi, qui cependant cherche de savoir
» Par d'autres moyens que la preuve des armes,
» Si l'accusation est fausse ou juste,
» S'il est bien ou mal que son enfant meure,
» A fait emprisonner quelques filles de chambre
» Qui doivent savoir si le fait est vrai.
» Je prévis bien que si j'étais prise
» Trop grand serait le péril du Duc, et le mien.

» La nuit même, je m'enfuis
» De la Cour, et fus trouver le Duc.
» Je lui remontrai de quel danger était
» Pour nos deux têtes, que je fusse prise.
» Il m'approuva, me dit de ne pas avoir peur,
» Puis par persuasion me décida d'aller
» A l'un de ses Châteaux, situé près d'ici,
» En compagnie de deux hommes qu'il me donna.

» *Hai sentito, Signor, con quanti effetti*
» *Dell'amor mio fei Polinesso certo;*
» *E s'era debitor per tai rispetti*
» *D'avermi cara o no, tu 'l vedi aperto.*
» *Or senti il guiderdon ch'io ricevetti;*
» *Vedi la gran mercè del mio gran merto;*
» *Vedi se deve, per amare assai,*
» *Donna sperar d'essere amata mai.*

» *Che questo ingrato, perfido e crudele,*
» *Della mia fede ha preso dubbio al fine :*
» *Venuto è in sospizion ch'io non rivele*
» *Al lungo andar le fraudi sue volpine.*
» *Ha finto, acciò che m'allontane e cele*
» *Fin che l'ira e il furor del Re decline,*
» *Voler mandarmi ad un suo luogo forte;*
» *E mi volea mandar dritto alla morte :*

» *Chè di secreto ha commesso alla guida,*
» *Che come m'abbia in queste selve tratta,*
» *Per degno premio di mia fe m'uccida.*
» *Così l'intenzion gli venia fata,*
» *Se tu non eri appresso alle mia grida.*
» *Ve'come Amor ben chi lui segue tratta!* »
Così narrò Dalinda al Paladino,
Seguendo tuttavolta il lor cammino,

» Tu as ouï, Seigneur, par combien de preuves
» De mon amour j'avais assuré Polinesse ;
» S'il était tenu, après tant de complaisances,
» De me chérir ou non, tu le vois clairement.
» Or sache le loyer que j'en ai reçu ;
» Vois la récompense de tout ce que j'ai fait ;
» Vois si, pour aimer tant qu'elle peut,
» Femme doive compter être aimée jamais.

» L'ingrat, le perfide, le cruel
» De ma foi, sur le tard, s'est mis à douter :
» Il est venu à craindre que je ne révèle
» A force de temps, ses ruses de renard.
» Il a feint, pour m'éloigner et cacher
» Jusqu'à ce que la colère et la fureur du Roi
       s'apaisent,
» De vouloir m'envoyer en un sien château fort,
» Et c'est droit au trépas qu'il comptait m'envoyer :

» En secret il avait ordonné à mon guide,
» Dès qu'il m'aurait entraînée en ce bois,
» De m'occire, digne prix de ma fidélité.
» Et son intention serait chose accomplie
» Si tu n'étais à mes cris accouru.
» Vois comme Amour traite bien qui le suit ! »
Voilà ce que conta Dalinde au Paladin,
Tout en suivant ensemble leur chemin.

23.

A cui fu sopra ôgn' avventura grata
Questa, d' aver trovata la Donzella
Che gli avea tutta l' istoria narrata
Dell' innocenzia di Ginevra bella.
E se sperato avea, quando accusata
Ancor fosse a ragion, d' aiutar quella,
Con via maggior baldanza or'viene in prova,
Poichè evidente la calunnia trova.

E verso la città di Santo-Andrea,
Dove era il Re con tutta la famiglia,
E la battaglia singular dovea
Esser della querela della figlia,
Andò Rinaldo quanto andar potea,
Fin che vicino giunse a poche miglia;
Alla città vicino giunse, dove
Trovò un scudier ch' avea più fresche nuove :

Ch' un Cavaliere istrano era venuto,
Ch' a difender Ginevra s' avea tolto,
Con non usate insegne, sconosciuto;
Però che sempre ascoso andava molto,
E che dopo che v' era, ancor veduto
Non gli avea alcuno al discoperto il volto;
E che 'l proprio scudier, che gli servia,
Dicea giurando : « Io non so dir chi sia. »

Par-dessus tout le charma l'aventure
D'avoir rencontré la Damoiselle
Qui lui avait narré toute l'histoire
Et l'innocence de la belle Genièvre.
S'il espérait, quand même elle eût été
Accusée à bon droit, lui venir en aide,
Plus hardiment il en fera la preuve,
Maintenant que pour lui la calomnie est claire.

Vers la ville de Saint-André,
Où était le Roi avec toute la Cour,
Et où le combat singulier devait
Avoir lieu pour l'honneur de sa fille,
Fit route Renaud le plus vite qu'il pouvait,
Jusqu'à ce qu'il en fût à quelques milles;
Près de la ville il arriva et rencontra
Un écuyer, ayant de plus fraîches nouvelles:

Un Chevalier étranger était venu
Prendre la défense de Genièvre,
Avec armoiries ignorées, inconnu lui-même,
Pour ce qu'il marchait toujours visière baissée,
Et que depuis son arrivée, personne encore
Ne lui avait vu la face à découvert.
Son propre écuyer, qui le servait,
Disait avec serment : « Je ne sais dire qui c'est. »

Non cavalcarò molto ch' alle mura
Si trovar della terra, e in su la porta.
Dalinda andar più innanzi avea paura;
Pur va, poi che Rinaldo la conforta.
La porta è chiusa; ed a chi n' avea cura
Rinaldo domandò : « Questo ch' importa? »
E fugli detto, perchè 'l popol tutto
A veder la battaglia era ridutto,

Che tra Lurcanio e un Cavalier istrano
Si fa nell' altro capo della terra,
Ove era un prato spazioso e piano;
E che già cominciata hanno la guerra.
Aperto fu al Signor di Montalbano,
E tosto il portinar dietro gli serra.
Per la vota città Rinaldo passa;
Ma la Donzella al primo albergo lassa,

E dice che sicura ivi si stia
Fin che ritorni a lei, che sarà tosto;
E verso il campo poi ratto s' invia,
Dove li dui Guerrier dato e risposto
Molto s' aveano e davan tutta via.
Stava Lurcanio di mal cor disposto
Contro Ginevra; e l' altro in sua difesa
Ben sostenea la favorita impresa.

Ils ne chevauchèrent longtemps sans parvenir
Aux murs de la ville et jusque sur la porte.
Dalinde avait peur d'aller plus loin;
Elle marche pourtant et Renaud la rassure.
La porte est close; à l'homme de garde
Renaud demande : « Que veut dire ceci? »
Il lui fut répondu que tout le peuple
S'en était allé voir la bataille,

Qui entre Lurcain et un Chevalier étranger
Avait lieu à l'autre bout de la Ville,
Où se trouvait un pré spacieux et uni;
Que le combat était déjà en train.
Il fut ouvert au Sire de Montauban,
Et le portier vite referme derrière eux.
Par la cité déserte Renaud s'achemine;
Mais au premier logis laisse la Damoiselle,

En lui disant de rester là tranquille
Jusqu'à son retour, qui ne tardera pas;
Puis vite galope du côté du champ clos
Où les deux Guerriers, après maints coups donnés
Et ripostés, continuaient encore.
Lurcain combattait animé de fureur
Contre Genièvre; l'autre, pour sa défense,
Soutenait de bon cœur l'entreprise.

Sei Cavalier con lor nello steccato
Erano a piedi, armati di corazza,
Col Duca d' Albania, ch' era montato
S' un possente corsier di buona razza.
Come a gran Contestabile, a lui dato
La guardia fu del campo e della piazza :
E di veder Ginevra in gran periglio
Avea il cor lieto ed orgoglioso il ciglio.

Rinaldo se ne va tra gente e gente;
Fassi far largo il buon destrier Baiardo :
Chi la tempesta del suo venir sente,
A dargli via non par zoppo nè tardo.
Rinaldo vi compar sopra eminente,
E ben rassembra il fior d'ogni gagliardo;
Poi si ferma all' incontro ove il Re siede :
Ognun s' accosta per udir che chiede.

Rinaldo disse al Re : « Magno Signore,
» Non lasciar la battaglia più seguire;
» Perchè di questi dua qualunche more,
» Sappi ch' a torto tu 'l lasci morire.
» L' un crede aver ragione ed è in errore,
» E dice il falso e non sa di mentire;
» Ma quel medesmo error che 'l suo germano
» A morir trasse, a lui pon l' arme in mano.

Six Chevaliers, en dedans de la barrière,
Près d'eux se tenaient à pied, sous la cuirasse,
Avec le Duc d'Albanie, monté
Sur un puissant coursier de bonne race.
Comme grand Connétable, à lui appartenait
La garde du champ et de la lice :
Et de voir Genièvre en tel péril, il a
Le cœur plein de joie, les sourcils pleins d'orgueil.

Renaud se précipite à travers la foule ;
Large chemin se fraye le bon cheval Bayard :
Qui le fracas de son galop entend
A lui faire place n'est boiteux ni tardif.
Renaud semble dominer tout le monde,
On dirait la fleur de la Chevalerie.
Il s'arrête près du trône où siège le Roi :
Chacun s'approche pour ouïr ce qu'il demande.

Renaud dit au Roi : « Grand Prince,
» Ne laisse pas le combat se poursuivre ;
» Car si l'un de ces deux guerriers périt,
» Sache qu'à tort tu le laisses mourir.
» L'un croit avoir raison, il est dans l'erreur,
» Et dit fausseté, sans savoir qu'il ment ;
» La même illusion, fatale à son frère
» Et cause de sa mort, lui met la lance en main.

» *L' altro non sa se s' abbia dritto o torto;*
» *Ma sol per gentilezza e per bontade*
» *In pericol si è posto d' esser morto,*
» *Per non lasciar morir tanta beltade.*
» *Io la salute all' innocenza porto;*
» *Porto il contrario a chi usa falsitade.*
» *Ma, per Dio, questa pugna prima parti;*
» *Poi mi da' udienza a quel ch' io vo' narrarti.»*

Fu dall' autorità d' un uom sì degno,
Come Rinaldo gli parea al sembiante,
Si mosso il Re, che disse e fece segno
Che non andasse più la pugna innante;
Al quale insieme ed ai Baron del Regno,
E ai Cavalieri e all' altre turbe tante
Rinaldo fe' l' inganno tutto espresso
Ch' avea ordito a Ginevra Polinesso.

Indi s' offerse di voler provare
Coll' arme, ch' era ver quel ch' avea detto.
Chiamasi Polinesso; ed ei compare,
Ma tutto conturbato nell' aspetto;
Pur con audacia cominciò a negare.
Disse Rinaldo : « Or noi vedrem l' effetto. »
L' uno e l' altro era armato, il campo fatto;
Sì che senza indugiar vengono al fatto.

» L'autre ne sait s'il a raison ou tort;
» Par gentillesse seule et bonté d'âme
» Il s'est mis en passe de se faire tuer,
» Pour ne laisser mourir tant de beauté.
» J'apporte le salut à l'innocence,
» Et le contraire à qui use de fausseté.
» Mais, par Dieu, d'abord empêche ce combat,
» Puis prête l'oreille à ce que je veux te dire. »

L'air d'autorité d'un homme si digne
Que le semblait être Renaud, à sa prestance,
Émut si fort le Roi, qu'il dit et fit signe
Que le combat n'allât pas plus avant.
Alors au Roi, aux Barons du Royaume,
Aux Chevaliers et à toute la foule
Renaud dévoila toute la fourberie
Que contre Genièvre avait tramée Polinesse.

Puis il s'offrit de vouloir prouver
Par les armes, que c'était vrai, ce qu'il avait dit.
On appelle Polinesse; il comparaît,
Mais d'une mine toute renversée;
Pourtant avec audace il se met à nier.
Renaud s'écrie : « Nous allons bien le voir. »
L'un et l'autre est armé, la lice est prête;
Sans plus attendre, ils en viennent au fait.

Oh quanto ha il Re, quanto ha il suo popol caro
Che Ginevra a provar s' abbi innocente!
Tutti han speranza che Dio mostri chiaro
Ch' impudica era detta ingiustamente.
Crudel, superbo e riputato avaro
Fu Polinesso, iniquo e fraudolente;
Sì che ad alcun miracolo non fia,
Che l' inganno da lui tramato sia.

Sta Polinesso con la faccia mesta,
Col cor tremante e con pallida guancia;
E al terzo suon mette la lancia in resta.
Così Rinaldo inverso lui si lancia,
Che, disioso di finir la festa,
Mira a passargli il petto con la lancia;
Nè discorde al disir seguì l' effetto,
Chè mezza l' asta gli cacciò nel petto.

Fisso nel tronco lo transporta in terra
Lontan del suo destrier più di sei braccia.
Rinaldo smonta subito, e gli afferra
L' elmo, pria che si lievi, e gli lo slaccia:
Ma quel, che non può far più troppa guerra,
Gli domanda mercè con umil faccia,
E gli confessa, udendo il Re e la Corte,
La fraude sua che l' ha condutto a morte.

Qu'il est joyeux le Roi et joyeux tout son peuple,
Que de Genièvre vienne se prouver l'innocence !
Tous ont l'espoir que Dìeu va rendre manifeste
Qu'on l'accusait à faux d'être impudique.
Pour un cruel, un superbe, un avare
Passait Polinesse, et pour méchant, pour fourbe.
Si bien qu'aucun ne voit grand miracle
A ce qu'il ait tramé cet artifice.

Polinesse est là, défait de visage,
Le cœur tremblant et la joue livide ;
Au troisième appel, il met la lance en arrêt.
De même sur lui se précipite Renaud,
Qui, désireux de terminer la fête,
Cherche à lui passer sa lance par le corps ;
Conforme à son vœu suivit de près l'effet :
Jusqu'au manche il la lui enfonça dans les côtes.

Embroché au tronçon, il le jette par terre
Loin de son destrier à plus de six brasses.
Renaud saute vite à bas, lui empoigne
Le casque, avant qu'il ne se relève, et lui délace ;
L'autre qui ne peut faire longue résistance,
Lui demande merci, d'un air piteux,
Et confesse devant le Roi et la Cour
La trahison qui l'a mené au trépas.

Non finì il tutto; e in mezzo la parola
E la voce e la vita l' abbandona.
Il Re, che liberata la figliuola
Vede da morte e da fama non buona,
Più s' allegra, gioisce e riconsola
Che, s' avendo perduto la corona,
Ripor se la vedesse allora allora;
Sì che Rinaldo unicamente onora.

E poi ch' al trar dell' elmo conosciuto
L' ebbe, perch' altre volte l' avea visto,
Levò le mani a Dio, che d' un aiuto
Come era quel, gli aveà sì ben provvisto.
Quell' altro Cavalier che, sconosciuto,
Soccorso avea Ginevra al caso tristo,
Ed armato per lei s' era condutto,
Stato da parte era a vedere il tutto.

Dal Re pregato fu di dire il nome,
O di lasciarsi almen veder scoperto,
Acciò da lui fosse premiato, come
Di sua buona intenzion chiedeva il merto.
Quel, dopo lunghi preghi, dalle chiome
Si levò l' elmo, e fe' palese e certo
Quel che nell' altro Canto ho da seguire,
Se grata vi sarà l' istoria udire.

Il ne put achever ; au milieu, la parole
Et le souffle et la vie l'abandonnent.
Le Roi, de voir sa fille délivrée
Et de la mort et de mauvaise renommée,
Plus se réjouit et se reconsole
Que si, après avoir perdu sa couronne,
Il se la voyait rendre en ce moment même.
A Renaud il en fait honneur uniquement.

Et après que, le casque ôté, il l'eut
Reconnu, l'ayant déjà vu d'autres fois,
Il leva les mains vers Dieu, qui d'une aide
Telle que la sienne l'avait si bien pourvu.
L'autre Chevalier qui, mystérieux,
Avait défendu Genièvre, en la triste occurrence,
Et pour elle s'était présenté sous l'armure,
Retiré à l'écart, restait, observant tout.

Le Roi le pria de dire son nom,
Ou de se laisser voir au moins à découvert,
Pour recevoir de lui telle récompense
Que méritait sa bonne intention.
Après maintes instances, de dessus sa tête
Il ôta son casque, et rendit manifeste et certain
Ce que dans l'autre Chant je compte poursuivre,
S'il vous amuse d'en écouter l'histoire.

TABLE DES MATIÈRES

	Pages
AVERTISSEMENT.	V

CHANT PREMIER. I

Début du poème; — Dédicace au Cardinal Hippolyte d'Este; — L'armée de Charlemagne campe
au pied des Pyrénées; — Roland et Renaud se
disputent Angélique; — Déroute des Chrétiens;
— Renaud court après son cheval Bayard et
rencontre Angélique; — Ferragus cherche son
casque tombé dans la rivière; — Apparition
d'Argail; — Lutte de Ferragus et de Renaud;
fuite d'Angélique; — Elle rencontre Sacripant
et le prend pour Chevalier; — Survient Bradamante qui le renverse et poursuit sa route; —
Angélique s'empare de Bayard; — Renaud
aperçoit les deux fugitifs et les arrête.

CHANT SECOND. 59

Combat de Sacripant et de Renaud; nouvelle
fuite d'Angélique; — Un vieux Nécromant, par
un artifice, les sépare; — Renaud, sur Bayard,
galope vers Paris; — Charlemagne l'envoie en
Bretagne; — Bradamante rencontre Pinabel de
Mayence; — Elle apprend de lui où est Roger;
— L'hippogriffe et le castel aux murs d'acier; —
Roger enchaîné par le Magicien; — Bradamante
est rappelée à Marseille; — L'amour la pousse
à délivrer Roger; — Pinabel, qu'elle prend pour
guide, la fait tomber au fond d'un précipice.

Pages

CHANT TROISIÈME 113

Bradamante pénètre dans la grotte; — Elle y rencontre une Magicienne; — Merlin et son tombeau prophétique; — Prédictions de l'Enchanteur; — La Magicienne fait paraître devant Bradamante les Ombres de ses descendants; — Elle lui déroule toute l'histoire de la maison d'Este, puis lui apprend la captivité de Roger; — Pour le délivrer, il faut que Bradamante prenne à Brunel un anneau magique; — Rencontre de Bradamante et de Brunel.

CHANT QUATRIÈME 167

Apparition de l'Hippogriffe. — Bradamante enlève à Brunel l'anneau magique, puis combat le Magicien. — Atlant, fait prisonnier, disparaît avec la Roche enchantée, qu'il détruit par un nouveau charme. — Mise en liberté de Roger et des autres captifs. — Roger monte imprudemment l'Hippogriffe; il est emporté dans l'espace. — Arrivée de Renaud en Écosse. — Il y apprend l'histoire de Genièvre et part à son secours. — Rencontre d'une jeune femme qu'il arrache à la mort.

CHANT CINQUIÈME 219

Renaud apprend de Dalinde l'histoire de Genièvre; — Amours de Dalinde et de Polinesse; — Amours de Genièvre et d'Ariodant; — Polinesse fait prendre à Dalinde les habits de Genièvre; — Ariodant trompé s'enfuit et se jette dans la mer; — Lurcain accuse Genièvre et s'offre de prouver son crime en combat singulier; — Un Chevalier inconnu relève son défi; — Arrivée de Renaud; il arrête le combat; — Il force Polinesse à descendre dans la lice, et le tue.

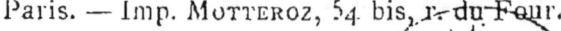

Paris. — Imp. MOTTEROZ, 54 bis, r. du Four.